7

Tatsunokotarou
竜ノ湖太郎
illustration
ももこ

Last Embryo

問題兒童的最終考驗

Kadokawa Fantastic Novels

封面、內文插畫／ももこ

Last Embryo 7

Contents

幕間

——我突然夢見過去和金絲雀一起旅行時的情景。

西班牙的所在地……伊比利半島的風從車窗吹了進來，輕輕撫過臉頰。

這應該是為了欣賞白磁般的街景，前往直布羅陀海峽見識「世界盡頭」那次的記憶。因為難得造訪現場確認在地的神話，當時自己還和金絲雀討論到或許趁機再研究一下希臘神話也不錯的話題。

坐在金絲雀旁邊的我邊喝著熱可可邊翻看雜誌，順便思索「直布羅陀」這個地方的特異性。

「……嗯？原來直布羅陀不是西班牙的領土，而是英國的領土啊？」

「沒錯，自從一七一三年締結的《烏得勒支和約》確立了英國的統治權後，這個地區就成了英國的一部分。你看，英國不也派兵在這裡駐守嗎？」

金絲雀指了指窗外的英國國旗。

確定我點頭回應後，她接下來指向人來人往的街頭。

「由於直布羅陀和英國本土相隔了一段距離，居住在這個地區的人民也是多種多樣。其中英國裔大約占了百分之二十五，西班牙裔也是百分之二十五，義大利裔是百分之十九，葡萄牙裔是百分之十一。至於剩下的部分則是外國企業的派駐人員，還有為了走私或諜報而前來此地的人們。或許正因為此地是遠離本國的領土，才會出現這種別有特色的風景。」

在直布羅陀，各式各樣的人種混雜相處。看向窗外，可以見到跨越大海不分東西的各色人物。

「歐洲最後的殖民地」是直布羅陀最廣為人知的特色，另外居民之間的和睦關係也是同樣出名的事蹟。

即使被稱為最後的殖民地，這裡卻沒有紛爭，也沒有起因於宗教的衝突。想必是多種價值觀順利融合，最後才轉變成現今這種具備特色的城市。

……雖說菸酒和大麻之類的走私品似乎相當猖獗，但這方面大概只能說是瑕不掩瑜。

當然光是這片土地的特色就讓人很感興趣——只是我們這趟旅程別有目的。

在古代希臘的世界裡，直布羅陀海峽被視為「世界的盡頭」。

我讀起當地雜誌上刊載的希臘神話，卻因為其中一段敘述而皺起眉頭。

「位於直布羅陀海峽另一邊的傳說大陸亞特蘭提斯……嗎？我問妳，金絲雀。既然說是位於直布羅陀海峽的另一邊，是不是代表所謂的亞特蘭提斯曾經存在於大西洋上？」

「理論上是那樣，而且據說人類在那裡度過了黃金時代。」

「黃金時代……可是這本雜誌上卻提到讓亞特蘭提斯大陸沉沒的人就是主神宙斯，這又是怎麼一回事？」

我歪著頭，不解地提出疑問。

根據傳說，是希臘神話中的主神宙斯將亞特蘭提斯大陸連同居住在該地的蠻族全都一併摧毀。

關於「希臘神話的主神宙斯」，可以說是舉世皆知的超有名神靈。就算人們對希臘神話的信仰已經式微，但是自從文藝復興時期在藝術領域上達成了文明復古後，這個名字就流傳到天地間的每一個角落。

為什麼擁有如此力量的希臘主神會擊沉亞特蘭提斯大陸，試圖消滅當時的人類？

金絲雀抿嘴輕笑，伸手敲了敲雜誌。

「你再看仔細一點，那篇資料裡有沒有寫到像這樣的內容？

例如——『宙斯毀滅了**舊人類**，創造出**新人類**』之類的敘述？」

聽到她這樣說，我再度看向雜誌。

「我以前跟你說過，神話與人類歷史之間總是存在著某種形式的關聯。因此可以推測出指明亞特蘭提斯大陸上的居民是舊人類的敘述具備了某種歷史上的意義……嘻嘻，現在的十六夜小弟有辦法解開這個謎題嗎？」

金絲雀露出讓人反感的笑容，挑釁般地說道。直到最近我才終於察覺，這傢伙以這種表情使出激將法時必定符合某些特定條件。

也就是她準備提出我必須使出全力才勉強有機會解開的超級難題，所以笑得如此不懷好意。小時候的我一方面感到不爽，同時也自認寬大地抱著「那就正面迎擊」的心態去面對金絲雀的挑戰。

「哼……這件事簡單來說就是根本沒有所謂的『舊人類』，亞特蘭提斯大陸也並不存在。一切都只是**比喻**和**權宜**吧？」

「哎呀呀，十六夜小弟這次居然講出這麼不浪漫的回答，不僅欠缺趣味而且還省略了過程。」

金絲雀撐起單手托住臉頰，露出一臉打心底感到無趣的表情。

我無視她的反應，繼續發表自己的意見。

「要討論亞特蘭提斯大陸時，會碰上四個必須解開的謎題：

一、假設亞特蘭提斯大陸原本存在於直布羅陀海峽的另一邊，那麼相關痕跡很可能也殘留到了現代，那是什麼？

二、既然亞特蘭提斯大陸已經消滅，究竟是如何消滅的？

三、作為比喻時，『舊人類』和『新人類』又是如何定義？

四、如果一切都只是用來自圓其說的權宜，這個傳說具備什麼樣的意義？

錄。

——總之大致可以分成這樣，不先解決這四個問題的話根本一切免談。」

傳說不會毫無意義地流傳於世上。無論是口述還是文字，同樣都是在歷史長河中誕生的紀

「要是亞特蘭提斯大陸真的曾經存在於這個直布羅陀海峽的另一邊，必須有可供參考的物證才說得過去。例如遺址、居民生活造成的痕跡，或是容器碎片之類的漂流物等等。」

「沒錯，即使經過了數千年，人類遺留下來的痕跡仍然不會消失。在科技進步讓追溯行星歷史變得比較容易的現代，找不到亞特蘭提斯大陸的痕跡確實是一件很不可思議的事情。」

確定金絲雀同意自己的主張後，我攤開從懷裡拿出的大西洋海底地圖。

「不過呢，如果從地質學的角度來考察，要說亞特蘭提斯大陸以前存在於大西洋上倒也不是完全不可能的事情。」

「哦？十六夜小弟難得提出這種還有變通餘地的意見。」

「妳講這什麼蠢話，我的腦袋向來都很靈活變通。」

「是嗎？因為對自己的意見抱持著絕對的自信，所以你能夠斷定出結論。我認為這是你最大的優點，同時也是小小的缺點……啊，抱歉，你繼續說明吧。」

看到發言被打斷而露出不高興表情的我，金絲雀笑嘻嘻地揮著手示意我再說下去。

我敲了敲地圖上的大西洋中心——正確說法是北大西洋的中心，重新發表自己的觀點。

「這是太平洋和大西洋主要的相異點之一……太平洋的海面下大部分都被太平洋板塊占據，大西洋的中心卻有著巨大大陸板塊彼此重疊的區域。」

「嗯，包括歐亞大陸板塊、非洲板塊，還有北美洲板塊。」

「對，如果重疊的大陸板塊從地底深處隆起並互相撞擊，可能會跟日本列島一樣，**在大陸的龜裂上**形成陸地。」

拿個身邊常見的東西來比喻——例如把好幾片餅乾交錯相疊起來後，重疊的部分會比原本的餅乾更厚。

這些餅乾堆疊起來的**厚度**高於海面時就成了陸地。

換句話說，除了歐亞大陸那種一整塊巨大範圍都高過海面成為陸地的狀況，還另有一些和日本列島類似，是由不同的大陸（餅乾）板塊彼此重疊後所形成的陸地。

「假設是那些板塊擠壓並產生了亞特蘭提斯大陸，那麼『亞特蘭提斯大陸如何消滅』的謎題和『舊人類遭到消滅』的謎題或許都有機會一起解開。因為要說有什麼巨大的力量洪流能夠讓位處大陸板塊境界線上的亞特蘭提斯大陸消失得無影無蹤——」

答案就是行星史上最大的力量洪流——足以徹底摧毀陸地的超普林尼式火山噴發。

「亞特蘭提斯大陸**如果真的存在**，很可能和被稱為災害大國的日本相同，是一片經常受到地殼變動影響的土地。而且如此一來，連亞特蘭提斯大陸的消滅和舊人類的滅亡也能夠一口氣獲得合理的解釋。」

「原來如此……所以你想主張希臘神話裡是用『神怒』來敘述火山爆發導致的消滅，關於舊人類和新人類的定義則是以火山爆發的前後來作為區分？」

我無言地點了點頭。

要是亞特蘭提斯大陸位處大西洋的中心，代表板塊重合區域的正中央曾經有一片陸地，這已經是無可避免的事實。

若想用除此之外的定義來主張亞特蘭提斯大陸曾經實際存在，恐怕真的需要「某種跟陸地同等巨大的物體從天而降」之類的超科幻理論。

……我個人覺得那樣似乎也很有趣。

不過這次應該要以現有的情報去進行公正的推理。

「當亞特蘭提斯大陸確實存在時，至少必須發生這種規模的現象——這是我原本做出的假設。但是如果真的發生過那麼誇張的大型災害，找不到相關痕跡卻是極為不自然的事情。」

「嗯，因此你才會進一步推測出『亞特蘭提斯大陸的傳說其實只是某段歷史事實的比喻用故事』嗎？」

金絲雀點頭同意，像是總算理解我的主張。

要是過去發生了足以讓整塊大陸消滅的超級火山噴發，那麼就算經過幾千年，相關痕跡也必定會殘留到現代。

既然沒有找到證據，先前的假設自然也無法成立。

「若把傳說本身視為某種比喻或權宜，『舊人類』與『新人類』的考察會變得極為單純。新舊的定義——分別代表了『遭到消滅的人類』與『進行消滅的人類』。換句話說，亞特蘭提斯大陸的傳說是一段**侵略的歷史**。」

我闔上雜誌，並把它扔到床上。

古代的神話傳說是為政者為了一己之利，且能夠更容易操縱群眾而改寫後創造出來的。

與其直接留下「是人類進行侵略並殺害其他人類」的歷史紀錄，事後補上傳說並宣稱「是神明消滅人類，並在那片土地上創造出新人類」的做法更能維護統治者和信仰的體面。

況且更重要的是，這恐怕還是為了保護人心的必要措施。

雖說要「生養眾多，遍滿地面」，但是人類的知性已經進化到過於高等，無法避免因為殺害同族而引起的良心苛責。

人之所以為人，正是因為做不到無動於衷。

為了克服殺人行為導致的壓力，為了賭上自身性命在戰場衝鋒……就算只是徒具形式也必須擁有信仰與正義，否則根本無法保持正常的精神狀態。

對過去的人類來說，名為信仰與正義的勇氣之風是無論如何都不可或缺的存在。

「……對於人類犯下的罪業，即使是偉大的王者和統治者也無法將其抹消，更無法全部扛起。要說有什麼人可以代為承受這種連統治者都無法擔負的大罪——」

「……只剩下名為『神』的偶像嗎？」

當人類再也無法負荷罪業的重量時，為了保護自己的精神，唯一的辦法就是把這份罪業轉嫁到他人身上。

因此神和惡魔這類空想生命的真正立場，其實是「最方便的罪責轉嫁對象」。

不管把多少罪業推卸到神和惡魔身上，對方都不會反駁，也不會反擊。

要是不把降臨在世上的天災、悲運和不合理的戰爭都推諉成神的責任——人類的脆弱內心實在無法堅持下去。

「如果是人類去毀滅了其他人類，想必會被視為惡行——然而一旦成了神明的所作所為，卻會變成**命運**。」

「是啊……人類有時候甚至會拿『神之意志』這種虛幻渺茫的東西來作為推卸戰爭起因的藉口。以希臘來說，著名的特洛伊戰爭就是例子之一……不過，扣下扳機挑起人類戰爭的必定是人類自身。無論哪個時代……人類背負的原罪，終究還是源自於人類的決斷。」

說完這些話，金絲雀露出有點落寞的表情。

她並不是對戰爭和原罪感到憂慮。

而是為了「把自身罪業卸責給人類以外存在」的這種人類歷史本身而深感憂心。

「遭到轉嫁的原罪、製造出來的偽惡、因此誕生的絕對惡——我們把這些全部統稱為『世界之敵』。」

「……『世界之敵』……」

「沒錯，即使把打倒『世界之敵』形容成人類必須去克服的問題，也不算是言過其實。就連現今的這種富裕時代也沒能成為例外，因為人與人之間的肉體境界、信仰境界以及民族境界等等都會化為各式各樣的衝突，孕育出罪與惡。畢竟多樣性是人類的強大之處，同時也潛藏著導致毀滅的可能性……就像過去在『世界盡頭』的另一邊，『新人類』曾經驅逐了『舊人類』那樣。」

「——……」

「世界上存在著許多境界，例如新與舊、富裕層與貧困層、信仰虔誠者與無神論者。精神面的境界和物質面的境界也存在著絕對無法跨越的高牆，這道絕對無法跨越的高牆正是人類的極限——換言之，也是理應被稱為『世界盡頭』的東西。只要能夠跨越這道高牆的人沒有出現，人類恐怕很難踏進下一個階段……」

從大西洋吹向地中海的海風輕輕吹動金絲雀的頭髮。看到她過去從未展露過的這種寂寞側臉，我第一次對這女人的經歷產生疑問。

可以自由前往世界各地的簽證自不用說，能夠聯絡各國要人與企業的人脈也很不尋常。

原本以為自己是被哪個國家的大富豪抓來陪著不務正業，實際上卻又不像是那種感覺。

如果要用一句話來形容金絲雀這個人，就是充滿謎團的神祕女性……不，這種說法太過譽了。以她表現出的氣質來看，根本不夠格被形容為神祕。

說得精確一點——就是一個偶爾會講出妄想言論又我行我素的傢伙。

然而很不可思議的是，那種出自其他人嘴裡會被我一笑置之的事情要是換成金絲雀來說，就會自然而然地讓我慢慢能夠理解接受。

「──……」

微風輕輕吹了進來，時間靜靜地從彼此之間流逝而去。

不知道為什麼，這段在包廂裡感受微風的無聲時間並沒有使我感到不快。當時的我基本上對其他人類都沒有好感，也沒有和哪個人一起度過這種寧靜時刻的經驗。

我偷偷橫著眼觀察金絲雀一直以憂鬱表情看著窗外的側臉。

來到「世界的盡頭」後，我不知道這個總是傲慢又自信，同時擁有寬闊心胸和刁鑽本性的傢伙到底看到了什麼。

但是至少自己認識的金絲雀從來不曾展現出這種表情。從她的身上，我可以感受到不允許自身暴露出軟弱一面的堅強。

……所以，我無法忍受**那樣的人**一臉憂鬱。

「金絲雀，這樣真不像平常的妳。有什麼煩惱的話，何不乾脆直接說出來？」

「哦？十六夜小弟要幫忙解決我的煩惱嗎？」

「雖然要看情況，不過我還是可以勉強當個聽眾，就當作是折抵住宿費吧。」

我毫不客氣地要求她快點開口。要是這傢伙一直這副樣子，會害我這邊也覺得各種尷尬。

既然身為同行者，偶爾靜靜當個聽眾大概也是應盡的義務。

「……嘻嘻，那這次就特別找你商量一下吧。等我說完……**在時機來臨之前，你可以把這些事情都先忘掉**。」

「好，隨便妳要講多久都行，今天是特別優待。」

看到我以不可一世的態度點頭回應，金絲雀笑嘻嘻地打開書本。

「那我就恭敬不如從命了。

直接舉個例子——其實這個世界再過不久就會滅亡。」

「哦？這例子的規模還真是驚人。」

「沒錯，但是我有辦法拯救十六夜小弟的世界。就算恐怕會有幾個星靈跑來妨礙，只要身為詩人的我待在箱庭外的世界，就能夠阻斷時間上的連續性，降低星靈的干涉力。所以如果**只要**拯救十六夜小弟的世界，並非無法達成的事情。」

「……？是喔。」

「可是……那樣做能拯救的**只有**十六夜小弟你所在的這個世界，不能連同沒有你的其他許多世界也一起拯救。要是我救了你的世界，說不定除了這裡以外的所有世界都會滅亡。」

「……嗯，然後呢？」

憂愁的神色從金絲雀的眼中一閃而過。

她隨即又換上自嘲的笑容。

「以前的我處事尖銳強烈，剛得知真相時，當然是氣沖沖地主張自己絕對不能接受那種不合理的事情。當然，我的同伴們也一樣……只不過最後的結果卻是慘敗。為了復仇，勉強保住一條命的我和搭檔耗費漫長時間——沒錯，真的花了非常漫長的時間，一直在外界四處徬徨。後來很偶然地，我發現一名可以成為勝利關鍵的少年。」

偶然——對，確實是偶然。至少，彼此的相遇只是偶然。

現在的我能夠明白。

金絲雀在尋找研究星辰粒子體（Astral Nano Machine）的人物時，意外發現一個嬰兒的體內被埋藏了等同於原典（Origin）的原始粒子體（Original）。

那個被帶走的嬰兒在不明白自己為何會擁有不可思議力量的情況下成長，也因為自身和他人之間的衝突而感到煩惱。

「……我總是拿『為了世界』和『為了大義』之類的理由或藉口當擋箭牌，卻不敢面對自己的不誠實。但是最近越來越常感到疑問，無法確定那樣做真的沒問題嗎？因為到頭來，那種方法是不是跟自己以前痛恨過的敵人行徑沒有兩樣？」

「實在丟臉……」金絲雀邊說邊把頭髮往上撥。

過去的她曾經帶著滿腔憤怒排除敵人，如今卻和對方走上相同道路。

這種沒出息的行為化成尖刺，苛責金絲雀的內心。

金絲雀重重嘆了口氣，以帶著她全副真誠的雙眼看向我。

「十六夜小弟，我擁有能實現人類光明未來的力量，也擁有能拯救這世界前途的力量。只要你開口要求——」

「金絲雀。」

我直接打斷她的發言。

當時的自己以憤怒雙眼瞪著金絲雀，惡狠狠地對她說道：

「我完全不懂妳這個例子到底是在說什麼……不過別讓我過於失望。那是妳自己做出決斷並丟出骰子的賭局結果，居然還想推到我身上，真是讓人想吐。」

「——……」

「我還沒說完。我認識的金絲雀面對輸贏可不會這麼半吊子，而是個下定決心就會堅持到最後的傢伙。我不記得自己曾經結交那種半途而廢的人，既然那是妳確定能夠勝利而丟出骰子的遊戲，就給我奮鬥到底！」

或許金絲雀犯下了什麼罪業，或許她參與了什麼惡行。

……但是那些感傷跟我都毫無關係。

一旦事後才因為感傷而扭曲了自己的行動理念，根本是最不入流的醜態。

要是不滿意賭注結果時就予以破壞，覺得還算有趣時多少也可以幫忙讓善惡能夠扯平……我只不過是抱著這種心態才陪在這傢伙身邊。

「金絲雀，我終於看清妳在煩惱什麼了。這種話或許不該說，但我勸妳先把心中的善惡丟一邊去。畢竟妳是那種無論要煩惱多久**最後依然會做出決斷**的傢伙，不管是要救出犧牲者，還是要捨棄或利用對方都一樣。」

「唔……」金絲雀露出苦澀的表情，看樣子她本身也有自覺。

「我早就知道妳的本性是偏向善性的傻子。我之所以願意繼續跟著妳到處旅行，是因為妳的一舉一動都帥氣到讓人火大。」

「——……」

「所以金絲雀，如果陷入煩惱，乾脆就選擇妳認為比較帥氣的答案。對於看不順眼的結果，我會出面阻止；還算有趣的話，我就跟著妳一起玩玩。假使真的是一場能夠推動世界的超大規模遊戲，我這邊可是非常歡迎。」

我以半說笑半認真的態度對著金絲雀放話。

然而她的眼神卻毫無動搖，繼續直視著我。

「……是嗎，那麼我就把商量換成更具體的質問吧。

為了拯救所有世界，必須跨越我剛剛提過的人類極限——也就是『世界的盡頭』。而且不是由單一個人負責超越就好，而是需要強大到足以促使人類全體都朝著那個方向推進的典範轉移（Paradigm Shift）……十六夜小弟，這艘關係到全世界命運的大船遇上了障礙，也就是精神面的境界和物質面的境界，你打算如何克服？」

她提問的聲調比先前更平坦且欠缺情感。

這次的回答不允許我含糊其辭。一旦沒能提出具體的解決方案，金絲雀會立刻推翻賭局。

我自己先前也說過，金絲雀是一個到**最後依然會做出決斷**的傢伙。只要她察覺這場比賽沒有勝算，就會隨即放棄累積至今的一切。這傢伙擁有將過去的努力和損益置之度外，直接切換情感的能力。

我判斷不能做出半吊子的回答，於是雙手抱胸暫時保持沉默。

這時，我突然注意到窗外的光景。

「……這個嘛，我也認為人類社會中存在著無法跨越的藩籬，例如舊人類與新人類、各自的宗教信仰、不同的價值觀，還有民族性的差異等等——但是，妳看看外面。」

金絲雀看向我指出的方向——廣場的中心。

那裡有著一群熱中於足球的少年，他們不但擁有各式各樣的膚色，眼睛的顏色和長相的特徵也多有不同。有一些脖子上掛著十字架，有一些沒有，卻同樣都在廣場上追著球四處奔跑。

連語言都不同的少年拚命地比手畫腳傳達想法，一起玩耍的同伴們則帶著笑容點頭回應。下意識地認同了多樣性，又把全副精神都放在足球上的少年們——這就是廣場上呈現出的光景。

「在這個地區的居民中，英國裔大約占了百分之二十五，西班牙裔也是百分之二十五，義大利裔是百分之十九，葡萄牙裔是百分之十一。至於剩下的部分則是外國企業的派駐人員，還有為了走私或諜報而前來此地的人們。而且宗教色彩也是形形色色，幾乎可以稱之為混合了基督徒、猶太教徒、伊斯蘭教徒的文明熔爐……這些話是金絲雀妳自己說的吧？」

「——……」

「妳看看那些在廣場上玩耍的小鬼。他們的人種不同，膚色不同，語言不同，國籍也是五花八門，甚至連信仰的神明都不同。正常來說這是絕對無法統整為一的關係——然而**即使如此**，他們還是在這個『世界盡頭』和平共處不是嗎？」

金絲雀睜大雙眼，一時說不出話。

此處是舉世聞名的「歐洲最後殖民地」，直布羅陀。

總人口只有三萬的這座城市並不算大，卻成了各式人種與思想的熔爐。對於在這個盡頭之地長大的少年少女來說，這種環境已成了理所當然。大概是因為彼此雙親擁有的不同文化與血統都順利地慢慢混合相容。

「直布羅陀是個好地方。文化以不錯的形式彼此融合，居民還算善良，也具備適度的危險氛圍，真的是個好地方……我不知道妳為什麼一臉無精打采的表情，但是妳的理想就是能看到這種風景的地方吧？」

所謂「能夠跨越境界的**個人**」恐怕並不存在，因為這傢伙提出的問題是關係到人類全體意志的事情。

文明和價值觀這些東西都必須歷經世代傳承，累積漫長歷史，混合薈萃各式各樣的獨立思想後才能逐漸達到融和。有時會彼此衝突，有時會相互削弱，越過彼此的境界創造出下一個世代後，才終於能夠成為看到相同景色的同伴。

「金絲雀，解決妳煩惱的方法只有一個，那就是名為歷史的漫長時間將會突破這個境界。所以……別一副要死不活的表情。因為比起妳的想像，人類的未來肯定一片光明。」

——「人類的未來一片光明」。

金絲雀以沉靜的眼神聽完我說的話，然後輕輕閉上眼睛。我無法推測出這些話聽在她耳裡會代表什麼樣的意義。

然而至少對這時候的金絲雀來說，肯定是非常重要的回答。

她沉默了一陣子，在窗外吹進來的風中恢復笑容。接著以未曾有過的無畏視線看向我。

「……嘻嘻，人類的未來是一片光明嗎？既然十六夜小弟這樣說，或許真的會成真。」

「沒錯，因為是我說的，所以當然會成真……不過想也知道，大概還要耗費很長時間才能讓全世界都變成那個樣子。」

我發出呀哈哈笑聲，一臉得意地把身體往後仰。

金絲雀面露苦笑，用手掌貼著臉頰開口說道：

「……是啊，最大的瓶頸就是**時間**。」

「啥？」

「不，沒什麼。這次就算是十六夜小弟獲勝……不，我果然吞不下這口氣，還是再出一個問題好了。」

「妳說啥？」我凶神惡煞般地回問。這是合情合理的反應。

難得我如此認真地回答，這傢伙卻擺出這種態度。再怎麼不服輸也該有點分寸。

然而金絲雀完全無視我的抗議，換上一如往常的不懷好意笑容。看樣子她已經恢復正常了。

我忍不住覺得這傢伙真是現實，只是她一直莫名消沉也讓人困擾。

因此我決定以寬大心胸聽聽金絲雀要說什麼，並且重新坐好等她開口。

金絲雀舉起食指抵在唇上，一頭金髮正好隨風飄起。

「十六夜小弟，你聽說過這件事嗎？越過『世界盡頭』後存在的概念——Cosmo——」

第一章

Last Embryo

鐘乳洞裡落下的水滴打中十六夜的臉頰。

他在滴滴答答的水聲中清醒，發現自己的身體整個輕鬆許多。

五臟六腑的傷勢已經痊癒，原本沉重的呼吸也變順暢了。

只剩下和「蓋亞么子」戰鬥時受到重傷的右手臂依然難以使力，其他部分說是狀態很好也不算誇大其辭。

十六夜睜開眼睛，確定目前身處挖鑿洞穴而成的一個房間後，慢慢地撐起身子。

（……這是什麼地方？大陸的地下嗎？）

他甩著還有點昏沉的腦袋，憑著記憶開始回想。

亞特蘭提斯大陸發生地震，火山也開始爆發。

還有神祕的巨人族隨著落石從天而降。

最後是擁有強大力量，甚至可以使用「模擬創星圖(Another Cosmology)」的「蓋亞么子」。

雖說在千鈞一髮之際靠著十六夜的「模擬創星圖」抵消攻擊，同伴卻還是被打得四散各地。

十六夜記得和「蓋亞么子」的戰鬥結束後，自己應該是被赫拉克勒斯立刻救起。

既然記憶在這邊中斷，顯見把他帶來此處的人應該也是赫拉克勒斯。

那麼至少這個地方不會是敵人陣地。

十六夜把放在床邊的水拿起來一飲而盡，接著把壓縮餅乾塞進嘴裡。

……這是錯誤的行動。

（不妙，空肚子吃壓縮餅乾反而覺得更餓。）

用盡全力讓傷勢復原的肉體為了獲得微乎其微的營養，促使五臟六腑開始急速運作。

講得直接一點，就是十六夜肚子餓了，而且超級餓。

然而事到如今，他的自尊心不允許自己再追加大胃王的屬性。尤其是那樣會跟春日部耀的特色重複，更是完全沒有可能接受。

如果這裡是居住區，應該會有糧食用的倉庫。

只要用一時手滑當藉口把倉庫大門打壞，就能理所當然地填飽肚子——正當十六夜打起這種主意時……

一個高大的人影穿過房門進入室內。

「逆迴十六夜，你醒了嗎？讓我擔心了一番。」

「……赫拉克勒斯，把我帶來這裡的人是你嗎？」

「沒錯，這裡似乎是原住民建造的地下要塞。那時找了個巨人族聚集的地方把那些傢伙驅離，結果就湊巧跟他們會合了。」

眼前的人物是個擁有一頭亞麻色亂髮的魁梧壯漢。五官屬於拉丁系，呈現出的氣質會讓人聯想到威風堂堂的獅子。

眼裡隱約可以看到以前交戰時未曾浮現過的理性神色。

泰然自若往前走的模樣正可以媲美為百獸之王。

看樣子這才是赫拉克勒斯原本的面貌。

十六夜咧嘴一笑，似乎很滿意地翹起腳。

「這是我們兩個第一次正式交談吧？我本來很想跟你好好比劃一次試試……不過以現狀來說，那應該是個奢侈的願望？」

「是啊，這片土地上的戰況越來越激烈。這座地下要塞之所以能夠承受得住，是因為這裡原本就是為了對抗巨人族而預先準備的都市。」

「難怪明明看來像個洞穴卻如此堅固……抱歉給你添麻煩了。就算是我，那時的疲勞也已經到達極限。」

「小事一樁。我很期待你的戰鬥能力，畢竟你曾經打倒過我。即使認定你的戰鬥力在人類歷史中也能名列前茅，倒也不算言過其實。」

看到赫拉克勒斯露出爽快笑容，十六夜反而不太高興。

「喂喂……可別講出這種欠缺霸氣的發言，赫拉克勒斯。再說，打贏少了太陽主權的你根本沒有任何意義。」

「唔，是嗎？」

「沒錯，你是不是以為我不知道這件事？要讓你解放所有力量，**必須有五個以上的太陽主權**吧？」

這次換成赫拉克勒斯露出極為意外的訝異表情，他尷尬地搔了搔臉頰。

希臘最強的戰士赫拉克勒斯——不光是希臘圈，即使把他的戰鬥能力稱為歐洲最強也並非誇大。

根據傳聞，赫拉克勒斯是大父神宙斯的繼承人。而且十六夜還聽說過，若想引出他的最大戰力，必須有五個以上的太陽主權。假使這個傳聞為真，赫拉克勒斯的潛在能力想必遠遠超越希臘神群諸英雄英傑的戰力總和。

十六夜過去也曾經多次投入與太陽主權有關的戰鬥，卻沒碰過需要五個以上太陽主權的敵人。

例外大概只有上一屆主權戰爭的優勝者，白夜叉。

因此他認為要是想發表勝利宣言，必須獲得五個以上的主權並打倒化為神靈的赫拉克勒斯，那時才有資格高唱凱歌。

「……話雖如此，我確實從你手中搶下過一次戰果。所以我預定以這一次作為費用向你申請再戰，到時要記得做好準備。」

「如果那是你的期望，這邊可以奉陪。我不會拒絕任何挑戰。」

赫拉克勒斯以威風堂堂的態度點了點頭。

十六夜很愉快地呀哈哈大笑，接著站直身子。

既然已經定下再戰的承諾，接下來的首要之務是打破目前的狀況。

「那麼，首先要填飽肚子。就算要出去大鬧一場，氣力也實在不足。」

「這也沒辦法，因為你睡了很長一段時間。晚餐時間快要到了，總之你先吃一下這個墊墊肚子吧。」

赫拉克勒斯從皮袋中拿出一顆紅蘋果丟給十六夜。不愧是希臘的大英雄，真是面面俱到。

兩人離開房間，沿著走廊開始移動。

十六夜咬下蘋果盡可能細細品味，同時開口詢問狀況。

「……所以，我到底睡了幾天？」

「整整五天。待會兒忙到一個段落後，記得去找你的妹妹和那個白色小姑娘道謝。因為這幾天都是她們兩個負責照顧你。」

「哎呀那真是萬分感激，我晚一點再請她們吃糖果——嗯？負責照顧我的只有那兩人嗎？」

「沒錯，怎麼了嗎？」

聽到赫拉克勒斯的回答，十六夜皺起眉頭。
既然彩里鈴華和白化症少女都在這裡，正常來說西鄉焰也該一起行動。
不過也有可能只是他沒有一起來照顧十六夜，而是去參與了其他事務。
看到十六夜細嚼但快噱地吃完蘋果，赫拉克勒斯帶著苦笑又丟給他另外一顆。
「雖然覺得情勢似乎不太妙，但我還是先了解一下好了……目前戰況如何？」
「老實說並不樂觀，有一個好消息再加上三個壞消息。」
「還真是熱鬧啊。我可不想大病初癒就一肚子火，就按照順序從好消息開始聽吧。」
「也好，那麼我們先去拜訪率領這座要塞的人——也就是原住民的指導者。」

＊

地下要塞的指導者是個出乎意料的人物。
十六夜在路上對照亮走廊的煤氣燈很感興趣，不過現在得先去見見所謂的指導者。
兩人來到一個大廳，眼前是原住民四處忙碌的光景。
正面的樓梯上還有個料想外的人物正在負責指揮。
「外面聚落的難民進來以後立刻蓋上迷彩布幕！」
「那些傢伙的視力比想像中差！那樣做應該就能掩蔽入口！」

「阿斯特里歐斯王！我想跟您商量關於收容傷患的事情——」

「哦？」十六夜露出意外的表情。

因為身處原住民中心的領導者，是那個擁有怪牛傳說的阿斯特里歐斯。

十六夜試著翻找記憶，回想起阿斯特里歐斯的父親確實是過去帶領米諾斯文明邁向高峰的國王。

既然這些這些人尊阿斯特里歐斯為王——

（這下確定了，此地的原住民是過往曾在愛琴海繁榮一時的民族後裔，也就是米諾斯文明的生存者。）

如此一來，亞特蘭提斯大陸的位置和文明圈都可以獲得確證。

接下來只要確認完希臘的傳說，就能迅速推理出更多線索。

赫拉克勒斯和十六夜兩人來到忙著發出指示的阿斯特里歐斯面前，舉起單手打了招呼。

阿斯特里歐斯也注意到他們，一臉嚴肅地靠了過來。

「……你醒了嗎，十六夜？真是太好了。」

「託福，我沒事了。是說你居然被尊為國王，可喜可賀啊。」

「這種說法實在失禮，要知道這位少年是這個民族的正統國王。」

「不，沒關係，赫拉克勒斯。這種親切態度反而會讓我比較輕鬆，所以請你也不必如此客套。」

「……唔，是嗎？那麼我也照辦吧……」

赫拉克勒斯換上不客氣的態度。

不知道是個性過於認真還是過於正直，說不定這個人是那種當對手沒有敵意時，就會直率接受對手言論的類型。

「你們來得真巧。接下來預定要會同願意協助的參賽者一起舉行舉行作戰會議，避難指示也告一段落了，正好一起過去。」

「要開會是無所謂，不過有飯吃嗎？」

「那是當然。畢竟決戰當前，我們處分了剩下家畜的四成，請填飽肚子養精蓄銳。」

十六夜滿意地點了點頭，於是阿斯特里歐斯讓部下離開，帶著兩人開始移動。

看樣子會議室和這裡還有一段距離。

如果現在就叫餓，肯定難以甩掉大胃王屬性的標籤。因此十六夜裝出若無其事的樣子，從赫拉克勒斯的皮袋裡拿出肉乾。

前往會議室的途中，阿斯特里歐斯嘆了口氣喃喃說道：

「……十六夜，我必須說幸好你醒了。」

「嗯？」

「在眾多參賽者中，你是聰明又守道義的人物。至少只要我方沒有做出違反道義和禮節的行為，你就不會成為胡作非為的惡人。」

「哎呀，那可難說。就算禮儀跟道義對我來說都是理應顧及的部分，不過狀況是否有趣可會強烈影響我要不要幫忙的意願喔？」

十六夜呀哈哈笑著沒有正面答覆，阿斯特里歐斯則帶著苦笑搖了搖頭。

「也對，你確實是那種人。」

「沒錯。所以要是有什麼趣事，我倒是可以**趁現在**聽一聽。」

對於十六夜這種別有深意的發言，阿斯特里歐斯只能再度苦笑。

「果然可靠啊……」他喃喃說完，走向岔路把兩人帶往其他地方。想必是有什麼事情想在作戰會議之前先找十六夜和赫拉克勒斯商量。

一行人來到另一個房間，只見兩名女性——祭司阿卡希亞與助理祭司菈菈正以護衛身分在房門前待機。

注意到十六夜他們後，阿卡希亞帶著柔和笑容前來迎接。

「哎呀！十六夜大人也醒了嗎！聽說我等的王在外界受到您的照顧，我一直想向您致意！」

「我沒照顧他什麼，只是幫忙介紹工作跟住宿地點而已。要致意的話，我可以幫你們轉達一聲。」

十六夜聳著肩如此回答，旁邊的菈菈卻一臉認真地點了點頭。

「這話很有道理。既然是王的恩人，等同於我國的恩人。有可能的話，我們想帶著裝了珍寶的禮物直接前去拜訪……」

「我……我自己會去道謝！沒有必要連唐・布魯諾都去通知！」

「那怎麼行呢！要不是有諸位大人的協助，吾王說不定已經流落街頭！換句話說，那樣等同於我等克里特之民也全都淪落天涯！」

「拜託妳們不要動不動就那麼廣義地把任何事情都認定為同等好嗎！」

阿斯特里歐斯慌忙阻止兩人。

看起來菈菈和阿卡希亞隨時會真的開始準備裝了國寶的謝禮。

十六夜露出有點意外的表情。顯然原住民並非只把阿斯特里歐斯當成形式上的領導者，而是真心將他視為應該敬愛擁戴的國王。

自我介紹後，阿卡希亞和菈菈原本打算一起進入房內，阿斯特里歐斯卻一臉緊張地阻止她們。

「抱歉，妳們先在這裡等我們吧。」

「是，要不要送上茶水呢？」

「不，那也不需要。等一下還會有一個人過來，除了那個人以外，絕對不能讓任何人闖入房內。」

阿斯特里歐斯滿懷警戒地對兩人下令。

然而他的態度與其說是擔心遭到襲擊，反而隱約透露出不希望兩人在場的感情。

十六夜不由得有些起疑，不過他選擇保持沉默。

（算了……畢竟站在阿斯特里歐斯的立場來看，他是突然被推上王位，還必須負責指揮和巨人族之間的戰事，說不定心裡另有什麼想法。）

手腳俐落地摸走放在其他地方的水果籃後，十六夜若無其事地坐下來開口發問。

「所以要講什麼？記得有一個好消息跟三個壞消息吧？」

「既然你已經知道這件事，接下來就好說了。首先是好消息，目前確定『No Name』的成員都逃過一劫，焰和鈴華他們也在這個要塞裡。」

「只是還有幾個人下落不明，不過可以肯定那些人還活著。」

「……是嗎，那確實是最好的消息。」

看到十六夜放鬆表情露出微微笑容，阿斯特里歐斯吃了一驚。

十六夜也注意到自己表現出的反應，立刻換上一副不高興的樣子。

赫拉克勒斯重重點頭，接口說了下去。

「接下來是壞消息……這方面可能要按照順序來說會比較好。」

「嗯。首先是關於這裡的原住民……我想你應該已經發現，他們這個民族似乎算是我的同鄉，所以表面上由我負責指揮。」

「**表面上**？」

「對，另有一個暗中給予指示的人物……雖然不甘心，但那個人的意見都很確切。要是換成只不過是被捧上王位的我來負責，說不定大家現在都沒命了……所以如果其他人知道這件事，一定會感到很失望，認為我是個沒用的王。」

阿斯特里歐斯似乎很懊悔地狠狠咬牙。

十六夜不由得感到意外。

看樣子阿斯特里歐斯並不是因為被推上王位而感到困惑，而是覺得無法回應原住民期待的自己很丟臉。不過既然他的煩惱是出於無力感，今後反而還有希望。

十六夜收起笑容，把身子往前靠。

「別說這種傻話。真的**只是**被捧上王位的傢伙怎麼可能主動反省？更何況這裡的人們也不是基於能力才選擇你。他們應該是認為就算你做出錯誤的決策，也只要由自己等人來輔佐就可以了。」

「是……是那樣嗎？」

「當然，亞特蘭提斯大陸的原住民遠比你想像的還要優秀。想也知道在這種文明水準下還能找出辦法設置煤氣燈的這些人怎麼可能是一群無能的傢伙。」

正是因為如此，十六夜看到煤氣燈後才會感到佩服。

利用恩惠的光源並不罕見，不過特地把可燃性的天然氣應用在生活上的做法卻不是依靠恩惠，而是當地居民的智慧成果。

而且使用煤氣燈的習慣已經完全融入這些人的日常。

十六夜從原住民那邊聽說過，他們被召喚到箱庭後大約過了三百年。

如果當時的時代是公元前兩千年，代表他們大概把煤氣燈發明的時間提早了三千五百年。

「這裡畢竟是夢幻大陸，菈菈說過他們和外部幾乎沒有任何往來。除了偶爾有些一時興起的神靈晃過來聊聊外部的事情，似乎也完全沒有文明方面的交流……在這種狀況下，他們為什麼還不願意離開這片大陸？不用我說，你想必也知道理由吧？」

「嗚！」

原住民為什麼沒有離開這片被隔離的大陸？只要看他們見到阿斯特里歐斯時那種歡欣鼓舞的樣子，答案顯而易見。

克里特島的人民長達三百年以來——都守在環境嚴苛又與世隔絕的這片大陸上，等待下一任國王阿斯特里歐斯的歸來。

「沒有土著神靈，也很少有其他神靈會賜予恩惠，卻有比人類更凶暴的猛獸大量橫行。這些人願意留在這種地方等待，結果最重要的你本人卻是這副模樣。雖說反省自己能力不足也很重要，但失敗的部分只要從現在開始去挽回就好。這不就是你找我的原因嗎？」

「對……！沒錯，你說得對！」

阿斯特里歐斯重新振作，握著拳連連點頭。

「抱歉，時間都不多了我還講這些洩氣話。大概是因為一口氣發生太多事，才會有點氣餒。我一定會回應他們的期待。」

「很好很好，就是要這種氣概。靠你了啊，少年王。」

「沒問題——好，那麼我們回到正題吧。十六夜知道『蓋亞么子』是以**參賽者**的身分入侵這片大陸嗎？」

「之前沒聽說，不過有預料到……噢，是嗎，原來所謂逃過一劫是**這個意思**啊。畢竟這場遊戲禁止參賽者殺害其他參賽者。」

阿斯特里歐斯忍不住內心一驚。明明還沒細說多少詳情卻能立刻理解狀況的這種能力，正可以說是聞一知十。

「『蓋亞么子』還沒失去參賽資格，也就是說他並沒有殺死參賽者，所以他應該是打算在恢復所有力量之前先繼續利用參賽者的身分作為掩護吧？」

「沒錯。我想十六夜你的同伴不會輸給巨人族，因此可以先推論他們是潛伏於某處等待發動反擊的機會。」

「我想也是……很好很好，我慢慢釐清狀況了。目前包括我們，敵我至少有三個勢力。想必是躲在阿斯特里歐斯背後的傢伙指示你們不必立刻會合，先刻意丟著不管就好？」

「沒錯……不過你為什麼知道？」

「那當然是因為要求敵人沒有注意到的游擊部隊特地前來會合根本沒有意義，還不如準備適當的聯絡手段，讓對方也能配合這邊的作戰計畫反而更好。」

聽到這句話，阿斯特里歐斯和赫拉克勒斯都看著對方露出嚴肅表情。

這反應讓十六夜有點意外。

「……怎麼了，我的意見那麼奇怪嗎？」

「不……只是因為你的意見和那傢伙一模一樣，所以我感到很驚訝。」

「真的很可惜，要是你早點醒來，說不定不會演變成目前的事態。」

赫拉克勒斯閉上眼睛雙手抱胸，一臉遺憾的表情。

從散發出負面情緒的兩人身上，十六夜察覺到不對勁之處。

對那個據說在這要塞中負責指揮的男子，兩人抱持的戒心並不下於對「蓋亞么子」的警戒。

「哦……他的意見和我一模一樣嗎？我不覺得自己講了什麼困難的理論，看來那傢伙起碼也是按照邏輯行事……似乎很有趣，但是這件事還是晚點再說，因為現在還有一件必須先確認清楚的事情。」

十六夜換上嚴肅的眼神。

既然「蓋亞么子」是以參賽者身分入侵遊戲，那麼主辦單位想必公布了在認識敵人時最有用的情報。

何況戰鬥結束後又過了五天。

兩人應該已經取得那個情報。

十六夜帶著客套笑容開口提問。

「……那麼，關於重點的『蓋亞么子』……那傢伙是躲在哪個共同體裡參賽的？」

「答案會讓你嚇一跳，我們也沒想到是那個共同體。」

「他所屬的共同體叫做『Yggdrasill』。這個共同體引用了北歐大樹之名，還在精靈列車上的每日遊戲中獲得了總成績第一名。」

「第一名是『Yggdrasill』，第二名是『Avatāra』……這件事你應該不知道吧？」

哦？十六夜的雙眼亮了起來，好奇心也隨之高漲。

「蓋亞么子」自稱是希臘神群的魔王。

然而講到「Yggdrasill」，無論如何考察，會聯想到的答案都只有北歐神群。

乍看之下會讓人覺得這個共同體的出資者(Sponsor)大概是北歐的主神奧丁，但是目前還無法判斷是不是該以這種最直接的意義去認定。

傳說中「Yggdrasill」是涵蓋了九個世界的世界樹。

語源之一的「Ygg」在古語中的意義是「恐怖之人」，也代表北歐主神奧丁的別名。據說奧丁曾經把自己吊掛在世界樹上，還身受長槍穿刺，歷經等同於世界總數的九天九夜後，藉此習得了盧恩文字的祕密與魔法之歌。

至於「drasill」的部分則是「馬」的意思。雖然罕見，但是歐洲曾有用「乘馬」來比喻「絞刑」的說法。

因此換句話說，世界樹「Yggdrasill」這個名稱所代表的意義也包括了「奧丁的絞架」。

這個共同體的出資者是奧丁嗎？還是暗喻了反奧丁的意志？

（或許有必要再度好好確認《奧丁之箴言(Hávamál)》和《格里姆尼爾之歌(Grímnismál)》的內容。

十六夜並不討厭北歐神話，反而可以算是喜歡的類型。他決定在重新確認過內容之前，暫時不要做出判斷。

「有沒有可能只是為了虛張聲勢而冒名頂替？」

「不，對方的同伴包括北歐神群的成員，我想不會是冒名。」

「這五天以來雙方曾經發生多次衝突，對方都是些不能掉以輕心的強敵。其中也有我認識的人，還是個相當有名的大人物。」

「這真是讓人熱血沸騰的消息，我高興到頭都痛了。」

換句話說，敵方的主力不只「蓋亞么子」一人，還有自稱為「Yggdrasill」的神祕混合神群。看樣子並不是只要找出「蓋亞么子」再所有人衝上去圍毆就能解決的單純狀況。

「那麼，所謂的大人物到底是哪裡來的哪一位？我認識嗎？」

「你應該也曾有耳聞。根據來自阿斯特里歐斯王的情報，那個人在精靈列車上似乎留下了優秀的成績。」

「他的名字叫作維達(Vidar)，是半神半**巨人**的戰士，也是打倒末日之獸的人物……聽說還是北歐神群最強大的戰士。」

「——哦？」十六夜的雙眼亮了起來。

他在兩年前聽釋天提過關於「末日之獸」的事情。

那些怪物是由諸神敲響的警鐘具體化而成，而且近似神靈。儘管一度成為「弒神者」並惡名昭彰，最後卻被針對他們而製作出的「主辦者權限」給封印起來。

十六夜原本推測這次出現的「蓋亞么子」——魔王堤豐也是類似的存在。

然而阿斯特里歐斯他們卻聲稱當初打倒末世之獸的戰士目前和魔王並肩作戰。

「維達……我確實有聽說過這個名字。記得是在北歐神話的末日中，打倒吃掉奧丁的弒神怪物芬里爾（Fenrir）的那個戰士吧？」

「沒錯，如果他是**真貨**，在北歐圈的英傑中恐怕確實可以稱為無人能出其右的最強戰士。」

「對抗末日之獸的英傑在人類歷史中是僅有數人的頂點人物，即使與赫拉克勒斯相比也並不遜色。」

「原來如此……不過無論對方多麼強大，只要身為參賽者就不能對我方痛下殺手，威脅度也會稍微降低。」

「沒錯。主權戰爭是最高階級的遊戲，說明中已然提及一旦有人違反規則，將會有解除所有限制的三位數以上諸神出現在戰場上。」

「在魔王堤豐完全復活之前，敵方應該也不會犯下失手奪走參賽者性命的錯誤……只是話說回來，堤豐本人倒是展現出立刻開始戰爭也無所謂的氣勢。」

「嗯，畢竟那傢伙當時已經直接使用『模擬創星圖』攻擊。就算不知道他有幾分認真，也不知道他為什麼火大成那樣，總之至少那傢伙本身確實滿心殺意。而且後來雙方只有一些小規模衝突，代表敵方共同體的其他成員大概是基於不同方針來行動——剩下的成員是什麼樣的傢伙？」

「已經確認另有一名外表是年幼少女的成員。」

「據說是個灰髮少女，但是具體的情報尚未釐清……不過目擊者全都異口同聲地表示那是個『花容月貌的美少女』。」

「這算什麼……」十六夜滿臉的不以為然。

再怎麼說對方也是會威脅到我方性命的敵人。如果要記錄外表特徵，必須留下更詳細的情報。畢竟在這場主權戰爭裡，滿地都是謊報年齡的參賽者。要是只知道美醜、性別和髮色，實際上等於什麼都不知道。

看到十六夜的反應，赫拉克勒斯回以苦笑。

「別一臉那種表情。那些參賽者本身的水準絕對不差，卻只能束手無策地被耍著玩，顯然對手是相當難對付的強敵。」

「哼……算了，既然你都這麼說了，大概真的是那麼一回事吧。」

十六夜搔著後腦，似乎感到事情相當麻煩。

共同體裡的參賽者實力如此堅強，出資者想必也不是等閒之輩。

「到底是哪個笨蛋贊助了那種有一大堆問題兒童的集團？」

「這個嘛……」

「出資者不明，因為出資者沒有公開身分的義務。但是既然能夠召集到那種水準的參賽者，肯定是擁有驚人力量的修羅神佛。」

「我想也是……」

十六夜雙手抱胸，帶著嚴肅表情開始思考。

看來在他呼呼大睡的這五天內，已經演變成頗為棘手的狀況。

敵方的出資者大概準備在魔王堤豐復活之後才展開行動，至於「蓋亞么子」本身則是打定主意要對諸神的箱庭宣戰。

不先解決這些狀況的話，根本沒辦法專心查明遊戲的謎題。

「嘖，事情真的變得很棘手……赫拉克勒斯，我有件事情想問問屬於主辦者陣營的你。主辦者那邊並沒有預測到『蓋亞么子』會闖進遊戲裡吧？」

「完全出乎意料……不過，亞特蘭提斯大陸恐怕遲早會作為那傢伙的肉體復活。就是因為已經出現徵兆，才會叫我過來，並且把此地當成主權戰爭的舞台。」

赫拉克勒斯的回答讓十六夜產生疑問。

「……不，你先等一下。為什麼出現復活徵兆＝成為主權戰爭的舞台？不是反過來嗎？」

「反過來？……你意思是為了舉辦主權戰爭才讓『蓋亞么子』甦醒嗎？不，我認為就算這裡是諸神的箱庭，也不至於做出那麼欠缺常識的行為……那樣的話原住民們未免太委屈了。姑且不論箱庭的黎明期，到了現代應該不太可能。」

「唔，我想也是……只是換個角度來看，就代表黎明期的契約有可能那樣安排嗎？」

箱庭雖然是講求實力主義的社會，目前卻不欣賞在沒有問題的地方強行引起問題並給予考驗的做法。

至少十六夜觀察到的箱庭倫理觀都是按照這種基準來推行。

然而據說在神話的黎明期——也就是赫拉克勒斯誕生的時代，不合情理的考驗比比皆是。

假設那時候訂定的古老約定和契約仍舊有效，那麼即使出現會把原住民牽連在內的亂來遊戲倒也沒什麼好奇怪。

「那麼這種推論又如何？『蓋亞么子』——魔王堤豐之所以復活，其實是因為舉辦了第二次太陽主權戰爭。」

「換句話說你認為『蓋亞么子』打從一開始就是在『將來會復活』的前提下遭到封印？」

「沒錯。我之前曾經跟所謂的殺人種之王交戰，對方也如此宣稱——在『蓋亞么子』之後就由她來做我們的對手。」

況且「蓋亞么子」同樣是殺人種。

要說一切只是偶然未免太過牽強。

「嗯……如果此話為真，確實該懷疑這些事情之間的關聯性。我想或許必須認定那些名為殺人種的魔王被打倒後，能夠根據古老契約再度復活。」

「說不定第二次太陽主權戰爭的目的，就是為了阻止古代的魔王們復活，或是為了打倒那些復活的魔王。」

按照這個推論，還能進一步釐清主權戰爭的謎題與因果關係。

出現在亞特蘭提斯大陸上的「蓋亞么子」，也就是魔王堤豐。

作為遊戲攻略關鍵謎題的「大父神宣言」。

假設兩者之間存在著某種因果關係——

「也許……『大父神宣言』之謎就是打倒『蓋亞么子』的線索。」

「……！」

「看樣子果然還是要先解開謎題才行。等作戰會議開始後，必須集思廣益一起解謎……

嗯？你們兩個人是怎麼了？」

阿斯特里歐斯和赫拉克勒斯的表情同時一口氣繃緊。

而且變化的程度顯然比先前嚴重很多。因此十六夜判斷自己可能說中了什麼致命的情報，他們卻無法用言語表達，只能悶著頭煩惱。

他對兩人欲言又止的遲疑態度一直無視至今，但是現在已經如此明顯地表現在臉上，十六夜也只能直接開口發問。

「我說你們兩個從剛剛到現在到底是怎樣？要是有話想說，就給我乾脆說出來，不然會害我分心沒辦法繼續討論正事。」

「抱歉，你說得對。只是我擔心你知道這件事情後會遭受重大打擊，因此遲遲無法開口。」

「焰告訴我們，你的反應可能是徹底失去幹勁，或是反而會發飆大鬧一場，所以我一直猶豫著不知道該不該說。不過既然你本人如此在意，當然必須老實告知……總之希望你能先冷靜下來。」

阿斯特里歐斯很刻意地咳了一聲。

十六夜這下更是滿腦子疑問。然而赫拉克勒斯和阿斯特里歐斯的眼神都非常認真，看樣子有個糟糕到讓兩人不得不含糊其辭的惡耗還在等他面對。

事到如今，生氣等於輸了。

於是十六夜雙手抱胸，裝出平靜態度要他們盡量放馬過來。一臉緊張的阿斯特里歐斯挺直背脊，嚴肅地說出最糟的事態。

「——十六夜，你冷靜聽我說。在你沉睡的這五天之內，事態急速變化。無論如何，你**已經完全沒有機會**成為第一戰的勝利者。」

「啥？」

十六夜發出變了調的聲音，彷彿懷疑自己的耳朵出了問題。

他真的一時沒有聽懂剛才那句話的意思，可是阿斯特里歐斯的態度也不像是在開玩笑。

十六夜愣愣地沉默了一會兒，隨即察覺自己沉睡的這五天是致命的時間損失。

「難道……在我睡著的期間，**已經出現第一戰的勝利者？**」

「就是那樣沒錯，逆廻十六夜。」

這時，突然響起房門被打開的聲音。

阿斯特里歐斯立刻收起表情，赫拉克勒斯也散發出敵意。

——是誰？十六夜瞇起眼睛提高警戒。這名闖入者至少不是他認識的人，而且外表看起來明明是個沒什麼了不起的無力人類，展現出的異質氛圍卻和十六夜以前遇過的人物都不同。

打開房門的男子帶著溫和微笑進入室內，靠近十六夜並直視他的雙眼。

如果是普通的人類，大概不分男女都會因為這種親切笑容而放下戒心，但是十六夜反而更加警戒地回瞪對方。

突然出現的男子似乎很過意不去地把手放在胸前，開口自我介紹。

「初次見面，逆廻十六夜。我叫詹姆士，目前基於某些理由而負責提供阿斯特里歐斯王建議，也是解開『大父神宣言』的人物。另外——還是你們『No Name』長久以來持續對抗的『Ouroboros』的遊戲掌控者。」

每次火山爆發都會讓地下要塞也跟著晃動，不過這裡的構造卻出乎意料的堅固。

據說這座地下要塞通往希臘神話中最神聖的場所，也是這個被諸神隔離的大陸上少數獲得的恩惠，因此受到居民的崇敬。

然而沒有人知道這個恩惠能夠支撐多久。

況且既然巨人族會隨著落石出現，那麼每次發生震動時，敵人的數量應該也越來越多。一想到這個問題，就讓人無法專心整理裝備。

鍛鍊場也受到劇烈搖晃影響，每個人都發出欠缺集中力的喊聲。

只有位於鍛鍊場中心的一組人展現出不同的氛圍。

那是正面對峙的一男一女兩名戰士，雙方都舉著武器一動也不動，相互窺探著彼此的動向。

位於西側的少女——久藤彩鳥手持鞭劍，目不轉睛地直視前方。

「——……」

沉靜的眼神正在觀察對手。

站在她正面的男性是一名綁著頭巾的亞裔青年，之前也參加了探索石碑的遊戲。

手握斧槍的他帶著爽朗笑容回看彩鳥，卻沒有任何動作。

如果是平常，勇猛果敢的彩鳥早就主動出擊。她的武術是靠著支配距離並奪走對方可用招數才能發揮作用的最快取勝法。

近距離的槍術、中距離的鞭劍、長距離的剛弓。

要發揮出自身武術的真正價值必須不斷進攻，因此彩鳥從未落於被動。

喜歡後發制人會使戰士變得軟弱……這是她的老師斯卡哈最初的教導。除非是在能力上有大幅差距和特性上有嚴重劣勢，否則她的流派不可能採用後發先至的戰法。

反過來說，占得先機就是邁向勝利的第一步，但是——

（……怎麼會這樣，我根本找不到進逼的機會。）

彩鳥原本抱著輕鬆心情來開始這場切磋，現在卻完全無法鬆懈。

她聽說這個綁著頭巾的男性……是在原住民遭受巨人族的猛攻後，最早採取協力行動的參賽者之一。

得知他單手拿著斧槍接二連三打倒巨人族的表現後，為了在今後的作戰中相互配合，彩鳥提出了確認彼此實力的提案。

彩里鈴華和白化症少女待在旁邊的觀眾席上，心驚膽跳地望著兩人。

「小彩不要緊嗎……？」
「不知道，他們吵架了？」
「不是吵架，聽說這叫作訓練。」
「哦哦～？」白化症少女似乎聽不太懂，不過最後還是點了點頭。
大概是因為明白眼前光景總之不是吵架，所以終於鬆了口氣。
然而雖說只是訓練，兩名當事人卻很認真。
彩鳥至今歷經多場戰役，今天是她第一次無法從架勢來預測出敵方的戰力。
對方速度快嗎？力量強嗎？技術巧妙嗎？還是擁有什麼看不出來的恩惠？
和彩鳥過去交手過的武藝高手相比，這個人屬於不同的類型。不是經過評估，而是根據直覺產生了出手會被擋下的感覺。
（參加莅莅小姐的遊戲時，我並不覺得他是如此強大的威脅……可是一擺出備戰動作，這個人卻展現出截然不同的氣勢。）
顯然他當時隱藏了實力，但最大的問題是彩鳥跟上杉居然都沒有察覺。
現在的態度恐怕也還不是這個頭巾青年的全力。
久遠飛鳥和阿爾瑪特亞也偶然注意到這場對戰，她們坐在觀眾席的欄杆上旁觀。
「……？為什麼兩個人都不動？」
「那是因為雙方的攻擊範圍都很大，無法貿然行動——不過想要找到破綻率先出手的是彩鳥小姐，戴頭巾的那位青年雖然也在評估時機，卻更想見識一下彩鳥小姐的實力。」

阿爾瑪以認真的眼神觀察兩人的反應。

飛鳥對武術一竅不通，這種雙方都按兵不動的狀況讓她根本無法掌握情勢。因此她放棄場上繼續對峙的兩人，把視線移向周圍逐漸聚集而來的觀眾們。

（其他參賽者也開始注意到這場對戰。畢竟遊戲本身已經出現勝利者，我們也成了必須把背後託付給彼此的合作伙伴，大家當然都想知道別人的實力。）

巨人族的攻擊讓不少參賽者撤離亞特蘭提斯大陸。既然遊戲有了結果，投入與自身實力不符的戰鬥反而可能會拖累其他人。

這種想法其實也沒有錯，只是留下來的參賽者肯定對這場遊戲的**另外一面**都有所察覺。

如果不是那樣，怎麼可能會為了不認識的原住民們賭上自身性命奮鬥。

「這些人應該都是為了利己的目的才會留在亞特蘭提斯大陸上吧。」

「哎呀，那可不一定。至少我的主人對眼前的惡徒就無法置之不理，我想她介入的原因肯定和遊戲沒有關係。」

「唔……」飛鳥露出不滿的表情。

然而阿爾瑪說得沒錯，久遠飛鳥確實是那樣的人物。不管是遭到巨人族蹂躪的原住民，還是即將復活的魔王，她都無法默默地置身事外。

「總之，其他參賽者可能都是一些另有圖謀的人，最好不要太相信他們。」

「哎呀，真是沒禮貌的協助者。像這種態度，我們在發生什麼緊急狀況時可不會出手保護妳喔？」

突然被搭話的兩人驚訝地回頭。

發言的人物是那個身穿近代風格服裝，幾天前探索石碑遊戲時也在場的女性。

她身上的休閒T恤上印著「三重冕」圖案，心裡有數的人大概一眼就能明白她屬於哪個共同體。

（……主人。）

（怎麼了？）

（請多小心，這女孩就是那個和麥第奇家族或羅馬教廷有關的人物。）

阿爾瑪換上銳利的眼神。

（「三重冕」……也被稱呼為「教宗冕」的王冠旗幟毫無疑問是源自於梵蒂岡城國，因此推論她是從屬於羅馬教廷或麥第奇家族的參賽者想來並無不妥。）

（原……原來如此。）

基○教的相關人士近年來已經很少在箱庭活動，因此世間比較主流的看法一般是認為他們很難召集到強大的參賽者來挑戰主權戰爭。

不過這個休閒服裝的女性在面對探索石碑的遊戲時，表現出的言行都讓人感到不可小覷。

如果她真的是羅馬教廷派來的遊戲掌控者，飛鳥等人必須提高警覺，避免不小心洩漏情

報。

「嗨，久遠飛鳥小姐，這是我們第一次像這樣對話吧？」

「……是啊，能請妳先自我介紹一下嗎？」

「哎呀，抱歉失禮。我是……總之請叫我米莎就可以了。」

米莎聳著肩報上自己的名字。

「總之」這種講法聽起來話中有話，只是追問恐怕也不會得到答案。

她身後另有一名抱著兩把長槍的金髮少年，正在目不轉睛地瞪著鍛鍊場。

「不好意思突然打擾妳們，不過我的同伴對鍛鍊場上的那個女孩有興趣。如果方便的話，可以透露一些關於她的情報嗎？妳和她是朋友吧？」

「也……也不算是朋友……」

飛鳥吞吞吐吐地不知道該怎麼回答。

她和彩鳥之間的關係非常複雜。

既不是同一共同體的同志，現在也沒有血緣關係。

可是……要說兩人是不是朋友，飛鳥又覺得心情有點難以言喻。雖說「朋友」這種關係是最接近的答案，事情卻沒有簡單到可以一句話就說明清楚。

阿爾瑪察覺飛鳥的心情，往前踏了一步。

「正如妳所知，我的主人和彩鳥小姐之間有著交誼，因此不可能提供重要的情報……這樣

也沒關係嗎？」

「沒問題。順便說一下，我知道她是女王騎士。」

「哎呀……消息真是靈通。」

阿爾瑪更加警戒。

知道久藤彩鳥是女王騎士的人物並不多，而且這應該是來到亞特蘭提斯大陸之前就必須先取得的情報之一。

阿爾瑪瞇起眼睛想要催促米莎繼續說下去，金髮少年卻打斷了兩人。

「這些事以後再說——差不多要開始了。」

鍛鍊場上的氣氛產生變化。

對峙的雙方原本都一動也不動，這時綁著頭巾的青年突然主動開口。

「……傷腦筋，這下彼此都沒辦法行動。妳不覺得世界真的很廣大嗎，這位姑娘？」

青年的臉上掛著感到困擾的笑容。

看樣子對方同樣無法隨便出手。

彩鳥也冒著冷汗以笑容回應：

「雖然我還是年輕小輩，不過真正充分感受到天外有天的人應該是自己這邊才對——你的實力顯然在我之上，和至今遭遇過的武藝高手相比，說是其中最強也不為過。這也是我第一次與武藝超越恩師們的高手比試。」

「哈哈，這些話真讓人不好意思。要我說的話，反而是年紀輕輕就有如此實力的妳耀眼到難以直視。我想妳一定受到良師的教導，也經歷過有益的戰鬥洗禮。真想向尊師請教一下授徒之道。」

頭巾青年沒有多加客套，而是對彩鳥的恩師表達敬意。

不知為何，雙槍少年露出複雜的表情。

青年的態度看來謙遜，卻沒有否定自身實力在彩鳥之上的事實。不知道這是出於自信的表現，還是他的個性原本就如此直言不諱。

在這種情況下，要是連先攻的機會都讓給對方，等於作為戰士的彩鳥被完全看扁。

因此她下定決心，解放手上的鞭劍。

「哦……這真是獨特。」

伴隨著颼颼風聲，鞭劍描繪出數道曲線。

銳利迅速的劍刃宛如絞肉機，涵蓋的範圍遠遠大於斧槍的攻擊距離。

就算擊落蛇頭和蛇腹，還有蠍尾會繼續襲擊敵人。

一旦敵人愚蠢地隨意出手，恐怕會連同手臂也被一併纏住。

這個武器確實夠格被形容成蛇蠍般的劍閃。除了賭運把劍刃彈開並直接衝向彩鳥面前，根本沒有別的對應辦法。

她這次展現出的劍技俐落純熟，和以前在鍛鍊中急於打贏上杉女士時已經不同。

（巨人族出現後，這場遊戲的危險度大幅上升。保護學長和鈴華是我的責任，不能再如此鬆懈下去。）

彩鳥以凌厲的氣勢瞪著對手。為了取回她的日常，絕不能有所懈怠。

頭巾青年也感受到彩鳥的氣勢，換上認真的眼神。

「妳是叫作……彩鳥小姐沒錯吧？妳打算使用這個武器對付巨人族嗎？」

「？是的。」

「最好不要那樣做。因為這個武器碰到巨人族時過於劣勢，一旦開戰恐怕會危及妳本身的安危……我建議妳還是使用別的武器比較好。」

……這些話或許是出於好心。

然而聽到多次陪伴自己跨越生死危機的愛劍遭人如此奚落，彩鳥並沒有無情到能夠不以為意。認為這是挑釁的她不發一語，轉動手腕讓蛇蠍劍閃發動攻勢。

頭巾青年刻意從正面以斧槍迎擊。

連續從四面八方不斷來襲的蛇蠍劍閃被他連連彈開，鍛鍊場裡開始響起激烈的金屬撞擊聲。

彩鳥的蛇蠍劍閃在呼吸一次的期間內大約能攻擊四次，青年則是靠著斧槍的斧刃或槍柄來持續防禦。

儘管讓人無暇喘息的猛攻都被頭巾青年輕鬆化解，彩鳥也沒有緩下攻勢。一如既往的絕技讓飛鳥忍不住屏息，自稱米莎的女性則是佩服地吹了聲口哨。

（這種程度的實力在預料之中……！問題是接下來該如何破解他的防禦？）

雙方在火花之間重複一進一退的攻防。

不久之後，注意到兩人戰況的戰士們開始聚集。

頭巾青年以斧槍彈開鞭劍，同時豎起食指提出忠告。

「第一個弱點。妳的鞭劍必須畫出巨大弧形把對手困在牢籠裡——也就是必須把敵人困在直徑約五公尺左右的球體內部，然後才能發揮出真正本領。換句話說，**這個武器在面對巨人族時無法展現其價值……**妳要如何這個彌補這個不利的缺失？」

鞭劍的最大距離是二十公尺，要在敵人周圍形成利刃牢籠的適當距離卻是五公尺左右。

因此面對巨人族時不可能將其困住。

彩鳥本身也很清楚這個問題。

不過她再度把這些批評又視為挑釁，默默地稍微晃動手腕三次，對抗眼前的青年。

既然無法用包圍敵人的蛇蠍牢籠來解決對方，就靠著能閃躲敵人武器並穿越防線的靈活動作來搶得先機。

發現鞭劍的軌道從大弧度曲線切換成蛇行般的小幅度曲線後，頭巾青年訝異地笑道：

「這是……哎呀，妳真的很靈巧呢！」

青年用一隻手握住斧槍的中段，閃躲這一波攻擊。

彩鳥忍不住在內心咂嘴，旁觀的雙槍少年也瞇起眼睛。

「真讓人吃驚，居然初次碰上這招就能看穿。」

「？你知道些什麼嗎，康萊？」

「嗯，那傢伙的蛇蠍劍閃目前切換成『躲過敵人揮起的武器並深入攻擊』的進攻模式。對手那男的剛剛要是想隨手把攻擊彈開，他的手腕恐怕已經被斬斷了。」

雙槍少年把手抵在嘴邊，認真地觀察兩人的戰鬥。

這種事情說起來簡單，實行起來卻沒有那麼容易。

力量從劍柄傳到劍尖時，時間上會產生一些落差。

換句話說，看到對手的動作之後才揮劍根本來不及應對。除非能夠事先預測對手將如何行動，否則只會成為白費力氣的攻擊。

因此這是一種靠著閃避對方用來彈開蛇蠍劍閃而揮出的斬擊，誘使敵人揮空的戰法。但是沒想到頭巾青年居然完全沒有回手，而是直接選擇閃躲。

受到大蛇追擊的頭巾青年拉開和彩鳥之間的距離。

「原來如此，這麼精密的操控確實有辦法持續狙擊敵人的要害。只是攻擊距離雖然拉長了一倍以上，卻需要長時間聚精會神地細心維持，這種磨耗精神的攻擊到底可以持續多久呢？」

青年隨口指出第二個弱點，同時以最低限度的動作來閃避攻擊。

平常的彩鳥會在這種時候切換成剛弓，不過她對青年的批評也開始產生興趣。

事。

就算些被點出的弱點彩鳥自己都心裡有數，然而被人在短時間內連連識破就成了另一回事。

說不定真的有什麼連她本人都沒發現的問題。

彩鳥接連施展蛇蠍劍閃發動攻擊，頭巾青年則是一邊躲開一邊逐漸縮短雙方距離。

果然不是普通的高手，他已經完全看穿攻擊的軌道。

但是彩鳥的猛攻並沒有好應付到光是看穿就能夠反過來逼近。

「……喂喂，她的集中力真了不起，那明明不是可以連續使用的招式啊。」

「哎呀，是這樣嗎？」

阿爾瑪好奇地提問之後，雙槍少年微微點頭回應。

「那傢伙的預測不是靠恩惠獲得的能力。如果無法對敵人的行動做出一定程度的正確預測，就沒有資格自稱為跨入神域的武人。問題是既然身為血肉之軀，戰鬥中的判斷力會變差，有時候還會失手。鞭劍這種武器更是難以操控，大招沒打中時收刀速度自然會更慢，而且為了避免遭到敵人反擊，還需要精細的修正。」

鞭劍最大的強項是劍刃和敵方的接觸面積很廣大。

要是小看這武器並輕易靠近，人類瞬間就會被切成薄片。如果想要彈開鞭劍，卻會有另一段利刃又被甩了過來。而且這些攻擊總是針對手腳末端糾纏不去，可以說是討人厭到了極點。

當然這個武器也有弱點。一旦大招落空，包圍網的間隔就會變大，還會讓出一條活路。

必須在出招的同時進行修正，否則攻勢很快就會全面潰散。

「女王騎士這邊的精神不斷磨耗，頭巾男則是靠著眼力來占了上風……不過即使露出破綻，女王騎士也沒有給敵人可趁之機。這都要歸功於她的技術和集中力，那傢伙還真有毅力。」

旁觀戰況的雙槍少年似乎有點樂在其中。

對飛鳥來說，這些已經成了遙不可及的話題。不過她很清楚彩鳥是身經百戰的戰士，也知道彩鳥擁有不倚賴恩惠，全靠自身武藝奮戰至今的鋼鐵精神。

激烈的攻防持續了一陣子之後，頭巾青年擦了擦汗繼續備戰。

「真了不起……明明發揮出如此精巧的技術，集中力卻未曾中斷。看來是我的預測有點太樂觀了。」

「……那麼你打算如何做？願意收回先前的侮辱嗎？」

彩鳥發問後，頭巾青年明確地搖了搖頭。

「不，這下反而讓我可以肯定自己的判斷。妳的劍技確實達到了神域，所以才讓人感到惋惜！持續限制妳劍技的枷鎖，就**只有那個武器**！」

這段批評讓彩鳥倒吸了一口氣，她總算理解頭巾青年到底想說什麼。

然而彩鳥無論如何都無法接受這種提案。

她沒有理會青年的發言，繼續以蛇蠍劍閃追擊敵人。

青年無奈地放棄，先瞄準難以轉換方向的劍尖回擊，再進一步攤開頭巾，用頭巾卡死劍身並擋下鞭劍的動作。

（嗚……！鞭劍的關節部分被纏住了……？）

沒想到他不但成功彈開彩鳥的攻擊，還立刻趁著蛇蠍利刃尚未再度開始加速，讓手上的一條薄布避開劍身直接滑進縫隙裡。

青年扯著纏住鞭劍的頭巾，以嚴肅的眼神看向彩鳥。

「第三個弱點——鞭劍必須靠著**不斷移動**才能保持銳利，因此一旦被敵人擋下，攻勢也到此為止。這次我用了頭巾，但鞭子之類的武器也能辦到一樣的事情。」

看到頭巾青年巧妙鎖死鞭劍的表現，在場所有人都深感佩服。

這種事情說起來簡單，實行起來卻沒有那麼容易。

而且真正了不起的部分並不是纏住劍身的技巧，而是阻止鞭劍繼續加速的技巧。

正常來說，要是攻擊鞭劍的劍身，力量就會傳達出去並造成劍身扭曲，帶動其他位置的劍刃反噬攻擊者。所以不論是攻擊前端還是攻擊劍身都只會讓鞭劍的移動速度更快。

然而這個頭巾青年面對從沿著劍柄傳向鞭劍的力流時……卻使出**完全相同的力道**，而且從**完全相同的角度**去攻擊劍尖，成功地讓鞭劍暫時停止加速。

「——**真強**。」

雙槍少年和阿爾瑪同時喃喃自語。

不僅是要預測出敵人的行動與思考，也必須熟知所有力學，還得擁有實行的技術，否則不可能辦到這種絕技。

這是唯有越過神域更進一步的人才能到達的深淵之技。

即使在諸神的箱庭裡，能做出同樣行動的人恐怕還不足五人。

「接著是第四個弱點，這是致命的弱點——過去妳面對堅硬到自身劍刃無法傷及對方的敵人時，是不是不管雙方技術有多少差距，妳都會落入下風呢？」

「——……！」

「亞特蘭提斯大陸上的巨人族很強。他們的動作迅速，身體也覆蓋著硬質的皮膚。憑妳的鞭劍，無論再怎麼進攻，也只有瞄準頸動脈是唯一能打倒他們的方法。」

彩鳥很不甘心地狠狠咬牙。

這也是阿爾瑪之前擔心過的問題，這次的巨人族和過去的敵人不可相提並論。就算是十六夜，大概也必須多費點工夫。

只有一種辦法能夠取勝的敵人將成群結隊大舉來犯。

儘管彩鳥是進入神域的武藝高手，仍舊會被慢慢逼上絕境。

一旦負責支配敵我距離的鞭劍無法發揮功能，雙槍跟剛弓的戰力也會減半。

「不管再怎麼窮究技術，沒有恩惠的武器還是有其極限，也會產生弱點。我想正因為妳已經極盡理論的巔峰，所以想必能夠理解這個道理。如果這把鞭劍不是一般的連接劍而是由『可以伸縮的鋼鐵』打造而成，我也不可能纏住關節部位吧？」

「——……」

「像妳這種水準的戰士，鍛造神和著名工匠們肯定也不會捨不得付出自己的技術。我認為要準備能取代鞭劍的武器應該是一件很簡單的事情……不過如果妳有什麼無論如何都要繼續使用那個武器的理由，要不要跟我聊聊？」

兩人瞪著對方，互相拉扯武器。

然而在陷入膠著狀態的那瞬間，彩鳥已經落入絕對的不利狀態。

她嘆了口氣像是決定放棄，放下手臂並宣布投降。

「……我承認自己輸了，而且是徹底地輸了。」

「哎呀，實際上並沒有那麼大的差距。要知道我在妳那個年齡時總是被上師(Guru)逼哭呢！只要一點契機，妳將來很有機會能超越我！」

「年輕真好～」頭巾青年摸著下巴，滿心感慨地喃喃自語。

既然他稱呼自己的老師為「上師」，這個人的出身或許與印度神群有關。耳朵很靈的參賽者們紛紛把這件事記在心裡。

這次的遊戲中有許多參賽者都偽裝了自己的肉體年齡，因此無法只靠外表來判斷，也無法輕易得知其他人的正確年齡。

但是頭巾青年表現出一種已經成熟的氣質，可以感覺到漫長年月的鑽研和嚴苛人生的沉重。

「……鞭劍必須靠著不斷移動才能保持銳利嗎？確實是如此。」

「嗯，不過憑妳的武藝，想來不太會碰上被擋下或是被纏住之類的失敗。這次只是長年的經驗發揮了優勢，而且妳也還沒用出所有的招數吧？」

「當然沒有。所以方便的話，能否再次……」

「慢著，你們先等一下。」

這時，原本在觀眾席上觀戰的雙槍少年突然跳進鍛鍊場。

彩鳥驚訝地往後退開，頭巾青年卻看向少年，似乎早已預料到這個發展。

自稱米莎的女性抱著頭喃喃說著「不好了」。看來這不是她的指示，而是少年自作主張。

落地後揚起一片煙塵的少年露出挑釁笑容。

「抱歉突然打擾。我本來只想旁觀，後來卻實在坐不住了。看你的武勇表現，想必是某位著名的英傑。」

「哈哈，過獎了。我從先前就一直感覺到充滿活力的鬥志，果然就是你嗎？」

「你倒是給人一種已經老練成熟的感覺，不過年齡根本不重要。之前明明聽說這是最高階的遊戲，其他參賽者卻都是一些只會尋找避戰方法的膽小鬼，害我閒得發慌……好吧，我得承認自己的搭檔也是那種人。」

「我聽到了喔。」一個不快的聲音回應少年。

雙槍少年沒有理會這句抗議，而是繼續瞪著頭巾青年。

「而且……再怎麼說也是**同門**吃了敗仗，我起碼該幫她報個仇。」

「咦？」

這突如其來的發言讓彩鳥嚇了一跳，畢竟這句話顯然是衝著她來。

仔細一看，少年手上的雙槍有著熟悉的外表。

彩鳥擁有的兩把長槍應該也是相同的造型。

「你……難道是……」

「好啦，要是被追問名字也難以回答，所以我先自己報上名號。我叫康萊，是女王騎士首席——斯卡哈的弟子。」

「初次見面，康萊，謝謝你這麼客氣的自我介紹——嗯，看起來你的實力也相當堅強，不輸給這位小姐。而且實際年齡大概跟外表一樣吧？」

頭巾青年發問後，自稱康萊的少年回以無懼的笑容。

「實際上如何呢？在恩賜遊戲中要是受限於外貌可會吃到苦頭，我也有可能比你還年長。」

「哈哈，聽起來真是可靠……啊，我還沒介紹自己呢，我是『天軍(Deva)』派遣來的——」

「抱歉，鍛鍊的時間到此為止，差不多該進行作戰會議了。」

這時，鍛鍊場的入口傳來說話聲。

這個宣言讓鍛鍊場裡的空氣整個轉變。

發出蹉蹉腳步聲走入鍛鍊場的男子——「Ouroboros」的遊戲掌控者詹姆士看到在場的參賽者後，拉起嘴角露出笑容。

「兩位的攻防非常精彩。身為今後要並肩作戰的同伴，實在倍感安心。我想必定也提高了其他參賽者的士氣。」

「——……」

彩鳥加強警戒心，瞪著詹姆士。

跟在他後面的十六夜、赫拉克勒斯、阿斯特里歐斯，菈菈和阿卡希亞也紛紛來到現場。

十六夜先看了鍛鍊場一圈，才沒好氣地轉向詹姆士。

「居然這麼湊巧，參賽者差不多都聚集在這裡了……這下正好，直接在這裡討論那件事吧。」

（……？那件事？）

彩鳥不解地歪了歪頭。

「也罷，你是兼具武、智、勇的貴重戰力。如果這樣能讓你心甘情願地提供協助，我很樂意進行說明。」

詹姆士聳了聳肩，以不知道有多少分認真成分的語氣輕佻回應。

接著，他對在場的參賽者如此宣告。

「那麼接下來——就由太陽主權戰爭第一戰的勝利者來公開發表……該如何活用隱藏在這場恩賜遊戲『lost Atlantis』裡的『大父神宣言』。」

第三章

「——太陽主權戰爭　～失落的大陸篇～　——

※獲得太陽主權的條件：

①參賽者之間彼此任意轉讓（包括遊戲形式的自由對戰）。

②解開並進行記載於附件大陸地圖上的遊戲。

③而且必須表現出最符合神魔遊戲的行動，才會被授予太陽主權。

④（日後追加）。

※大陸內禁止事項欄：

①禁止參賽者離開亞特蘭提斯大陸。

②如果參賽者試圖離開，必須解開勝利條件的謎題。

③參賽者在大陸內不得殺害參賽者。

※關於登陸的順序：
在精靈列車內贏得最多場遊戲的人可以選擇登陸地點。
登陸後，請自行負起責任並基於各自判斷來度過為期兩星期的遊戲期間。
此外，先行登陸亞特蘭提斯大陸的共同體在接觸精靈列車之前，無法得知遊戲的內容。

※第一戰勝利條件：
追溯多重疊合的星辰前行，造訪古老英雄，揭發大父神宣言之謎。

太陽主權戰爭進行委員會　印」

「那麼，身為參賽者的各位都拿出『契約文件』了嗎？」

坐在樓梯上的詹姆士開口發問。

其他參賽者也把寫在羊皮紙上的「契約文件」都拿在手中。

大部分的人都帶著鄭重表情觀察詹姆士，十六夜內心的警戒卻是前所未有的強烈。

「Ouroboros」——這個魔王聯盟是多次和「No Name」衝突至今的仇敵。

「No Name」前身所建立的大聯盟也是毀於他們的手中，這是眾人皆知的事實。既然詹姆士是負責指揮全體的遊戲掌控者，意思是他在過去發生的諸多事件裡都身處中樞。

安排黑死斑魔王珮絲特介入「火龍誕生祭」。

在「Underwood」收穫祭裡綁走蕾蒂西亞，召喚空中城堡與巨龍。

暗中導致「Avalon」滅亡。

教唆巨人族入侵「煌焰之都」，與魔王阿吉．達卡哈的復活也脫不了關係的人物。

這樣的人物出現在眼前，怎麼可能放下戒心。

飛鳥和彩鳥也以極為緊張的表情瞪著詹姆士。

詹姆士本人雖然感受到周圍的敵意，卻只是帶著為難笑容聳了聳肩。

「……看來我相當沒人緣呢，各位不認為現在應該把注意力放在當下的敵人身上嗎？」

「我是那樣認為啊，所以才會給你這種發表意見的機會。」

「但那只不過是你們自己的問題。實際上我沒有說明的義務，是顧及到你的狀況才會像現在這樣過來說明。我希望你至少要考慮到這些內情，我還不想與你為敵。」

「……哦？沒想到你對我的評價這麼高。」

「那是當然。畢竟你**相當**優秀，放著不管的話**或許**能夠解開謎題，所以我對你也**還算**警戒。」

「——你說什麼？」十六夜很不爽地回應。

詹姆士並沒有因此膽怯。

就像是為了展示勝利者的從容，他翹起腳並拿起「契約文件」。
「先讓你們看看我身為勝利者的證據吧，我的『契約文件』上寫了以下的內容：
『汝，到達大父神宣言真意之人。
應以其睿智引導擁有強大力量之勇者』——就是這樣。」
聽完這句話，參賽者們反而表現出敵意。
因為按照字面上的意思，可以直接解讀成詹姆士連指揮權都已經入手。
然而剛打照面就願意老實聽從對方指揮的傢伙根本沒有可能來到這個舞台。
十六夜露出諷刺的笑容，發言挖苦詹姆士。
「哦？所以你想說這就是你躲在暗處，透過阿斯特里歐斯指揮原住民的原因嗎？」
「怎麼可能，那只是形勢所致。阿斯特里歐斯王需要一個擁有指揮能力的人才，我好歹也是個遊戲掌控者，所以出借了自己的智慧。」
「畢竟我很閒嘛。」詹姆士搖晃著「契約文件」這麼說道。
十六夜並沒有確認「契約文件」的內容，而是繼續瞪著詹姆士。
來到箱庭之後，十六夜已經見過許多人類與種族。不過這個自稱為詹姆士的男子——眼前的傢伙卻跟那些人的類型都不一樣。

他看起來不像是會投身戰鬥的參賽者，也不是擁有絕大力量的主辦者。

如果硬要分類，大概屬於那種不會直接參加遊戲，而是躲在暗處操縱控制的類型。

「……你聲稱自己是遊戲遊戲掌控者的說法似乎不假，但是你散發出的可疑氛圍卻嗆得讓人喘不過氣。」

「哈哈，經常有人這樣批評我——順便說一下，我已經收下遊戲的報酬。至於報酬是什麼……對了，讓主辦方派來的赫拉克勒斯負責說明想必比較有可信度。」

眾人的視線都移到赫拉克勒斯身上。

雙手抱胸靠在牆上的赫拉克勒斯考慮了一會兒，不過告知事實確實也是他的職責之一。

因此他往前一步，拿出主辦者的「契約文件」。

「每個參賽者大概都很清楚……正如字面所示，太陽主權戰爭是爭奪二十四個太陽主權的遊戲，亞特蘭提斯大陸只不過是這場遊戲的第一個舞台。」

「嗯，是那樣沒錯。」

飛鳥開口回應後，赫拉克勒斯點了點繼續說明。

「但是這次的遊戲禁止使用武力從參賽者身上奪取主權的行為。當然基於雙方同意的競爭可以另當別論，只是規則上仍然明文禁止——我想這個規則應該讓很多人覺得不太對勁吧？」

在場的參賽者幾乎所有人都同意了這句話。

遊戲的目的是為了爭奪太陽主權，遊戲的規則卻禁止參賽者那樣做。想必有很多人感到不滿，認為這樣一來遊戲本身根本無法成立。

飛鳥低聲向身旁的阿爾瑪提問。

「該不會……主要遊戲有什麼能夠助長『主權爭奪』的報酬？是這樣嗎？」

「咦？主人，您之前都沒察覺這一點嗎？」

阿爾瑪刻意回以驚訝的反應，飛鳥則是不高興地鼓起臉頰。

抱著白化症少女的鈴華待在比較遠的位置，聽到這句話後也開始思考。

「……根據內容，所謂的報酬說不定會引起相當大的混亂。」

「嗯，畢竟隱瞞至今，大家都非常警戒。」

話講到這裡，還沒有想通的人恐怕只剩少數。

不管怎麼推論，能讓太陽主權戰爭成立的必要報酬只有一個答案。

赫拉克勒斯確定所有人都已經做好接受事實的心理準備後，平靜地公布報酬內容。

「主要遊戲的報酬是——『**強制**接收**指定**的太陽主權』。」

「嗚……！」

不管是彩鳥、飛鳥，或是其他的參賽者……每個人都倒吸了一口氣。

即使心裡多少有數，實際聽到明確答案還是會讓人一時說不出話。這個報酬確實非比尋

常。

太陽主權可以成為召喚出最強種的媒介，還蘊藏著一旦使用錯誤，有可能導致持有者墮為魔王的力量。

得知可以強奪這種粉碎天地定律的太陽主權，沒有人能夠繼續保持冷靜。

眾人之中，卻有一個人為了完全不同的理由而感到焦慮。

滿臉嚴肅神色的十六夜默默咬牙。

（雖然之前已經預測到了……但這下真的不妙。不管怎樣，蛇夫座的主權絕對不能落到「Ouroboros」手上。這個主權是唯一能夠和WHO牽上線的橋梁。）

第十三個黃道星座「蛇夫座」目前的持有者是「No Name」。

原本僅限於「階層支配者」遭到毀滅性的打擊或是出現了強大的魔王等狀況時，這個主權才會被出借。然而「Ouroboros」引起的問題與魔王阿吉．達卡哈復活等事件接連發生，因此委由被任命為「階層支配者」的「No Name」暫時保有。

（蛇夫座……擁有的權能是聯繫以「蛇之杖」為象徵標誌的聯合國機構WHO的隱藏一面。萬一「Ouroboros」沒把太陽主權戰爭放在眼裡，我們的蛇夫座很可能成為他們的第一個目標。）

當然，太陽主權還擁有其他各式各樣的力量。

但是能夠直接干涉外部組織的太陽主權只有蛇夫座。在最糟的情況下，就算失去獅子座也一定要保住蛇夫座。

事已至此，十六夜有兩件無論如何都要優先確認的事項。

他舉起手向赫拉克勒斯提問。

「赫拉克勒斯，我有問題想詢問主辦者方，是否可以提出？」

「可以是可以，不過參賽者在一個舞台中只能向主辦者提問一次。再者你現在提問等於是要把情報公開給其他參賽者，這樣也沒關係嗎？」

十六夜略為猶豫，隨即點頭表示接受。

「如果一個共同體只能問一個問題，沒有趁現在這個場合提問**反而不行**。」

「既然如此，那我就回答吧。」

「好，我的問題是……『勝利者在奪取主權時，是否有可能獲得附屬性質的情報』？」

赫拉克勒斯微微歪了歪頭。

「你說的附屬性質是指什麼？」

「舉例來說——就是『什麼人擁有哪個太陽主權』和『太陽主權的各種權能』這一類的情報。」

「噢，原來是這個意思。這些附屬性質的情報全都不會被洩漏出去，想知道什麼人擁有哪個主權，必須自己進行調查。反過來說，即使不知道什麼人擁有什麼主權，也可以光靠著指定某個太陽主權就予以強制接收。」

「好……」十六夜點了點頭，往後退開一步。

接下來是自稱米莎的近代風格女性舉起右手發問。

「我這邊也要提問，這次的遊戲參加資格應該只有三個吧？」

「……？這就是妳想問的問題嗎？」

「啊！不是不是！剛剛說的不算數！接下來才是正題！

我這邊掌握到的參賽資格是——

①『擁有一個以上的太陽主權』。

②『持有與太陽相關的傳承或裝備』。

③『在預賽中獲勝並晉級正賽』。

——只有以上這三種。假設符合條件①的參賽者當初跳過預賽直接進入正賽……可是太陽主權卻全數遭人奪走，那樣的話還能夠**繼續參加遊戲**嗎？」

「不能。在那種狀況下，條件①的參賽者會立刻失去參賽資格。」

這個回答讓所有參賽者不由得都膽戰心驚。

彩鳥也掩著嘴巴留下冷汗。

（是……是嗎……跳過預賽的主權持有者一旦失去主權，就會直接導致參賽資格失效。所以對於那些跳過預賽又只有一個主權的參賽者，詹姆士可以立刻逼使對方退出遊戲。）

十六夜和米莎想必是料想到了這個狀況才會主動提問。

而詹姆士之所以沒有立刻行使勝利者的權利，正是為了把「強制接收權」作為交涉材料並威脅在場的參賽者。

察覺這個事實的參賽者都感受到失去資格的危機。

下一個舉手發問的人是阿爾瑪。

「我也要提出疑問。符合條件②、③時，共同體的參賽資格是否永久有效？或是有什麼限制與期限？」

「唔……關於這部分，原本預定在第二戰開始時才會做出說明，不過也可以現在回答。」

「那就麻煩了。」

「條件②、③的參賽資格只到第二戰結束為止。如果靠這些條件進入正賽的共同體沒有在第二戰結束之前以某種形式取得太陽主權，就會當場出局。換句話說從第三戰開始，**所有參賽者**至少都會擁有一個太陽主權。」

（不妙……！狀況比想像中還要棘手……！）

這代表幾乎所有參賽者都會陷入行動受制於詹姆士的困境。

但是目前狀況已經釐清，還能找出辦法因應。

幸好有十六夜、米莎和阿爾瑪特亞這三人相互配合般地提出了關鍵性的問題，在場的每個參賽者才能掌握事態。

①反抗詹姆士可能導致自己失去太陽主權，現狀下不是個好主意。

②詹姆士並不清楚「什麼人」擁有「哪個主權」或「幾個主權」。

③要是隨便亮出自己有什麼底牌和底牌張數，會讓詹姆士獲得更多交涉材料並更加有利。

這個行動的目的是要促使前述三點成為參賽者的共識，盡可能削弱詹姆士今後發言的影響力。

因此能理解十六夜選擇此時提問的用意還跟著行動的兩人，可以說是絕佳的合作表現。

（持有複數主權的「No Name」和我們「Queen Halloween」總之還算安全，所以能正面反駁詹姆士的大概只有這兩組。通過預賽的飛鳥小姐基本上也沒有問題……如此一來，在這個狀況下最為困擾的應該是這個人吧。）

彩鳥側著眼看了一下米莎。

雖然把手搭在下巴上的她還面帶笑容，不過他們應該不是從預賽晉級的參賽者。

內心想必並不平靜。

如果是以主權持有者的身分來參賽，隨時都有可能會因為詹姆士的行動而失去資格。

「……那個，赫拉克勒斯，可以讓其他共同體代為提問嗎？」

「可以。」

「有人願意幫忙問一下嗎？我想知道強制接收權的使用期限。」

了解米莎意圖的彩鳥立刻舉手。

「赫拉克勒斯先生，『Queen Halloween』願意代為提問。」

「好……關於強制接收權，在實際使用掉之前，可以無限期持有；也可以保留到第二戰、第三戰，選擇喜歡的局面時再使用。」

「嗚哇～真是爛透了……」米莎忍不住開口抱怨。

也就是說，詹姆士能夠把強制接收權一直握在手裡作為交涉材料，直到確認對手底牌是什麼的那瞬間再立刻動手。而且萬一他在第二戰、第三戰裡也連續取勝，將來甚至有能力一口氣奪走三個主權。

這下米莎和其他同樣有出局風險的共同體恐怕必須先做好心理準備才能動用太陽主權，等於最大的王牌遭到封鎖。

一直掛著笑容保持沉默的詹姆士注意到參賽者的提問已經告一段落，於是來到眾人面前。

「看來這次的問答時間很有意義，只是似乎也讓我落入四面楚歌的狀況。」

「如果你真的那麼認為，何不表現出更慌張的樣子？」

「何必呢？我沒有必要那樣做，畢竟我等『Ouroboros』依然保有優勢地位。那麼，現在差不多該進入正題了吧？」

詹姆士擺出一副親切和善的態度。

既然已經釐清了狀況，今後只能見招拆招。

十六夜咂了咂嘴，瞪著詹姆士說道：

「好啊，我想知道你有何高見。要是真有什麼能夠打倒所謂希臘最強魔王的計畫，這邊倒是可以洗耳恭聽。」

「我當然會公布計畫——但是在那之前，應該讓各位選擇留下的勇敢戰士先知曉一個情報。希望所有人都看一下『契約文件』上的『太陽主權獲得條件』。」

聽到詹姆士的發言，參賽者們紛紛看向手邊的羊皮紙。

＊

「※獲得太陽主權的條件：

①參賽者之間彼此任意轉讓（包括遊戲形式的自由對戰）。

②解開並進行記載於附件大陸地圖上的遊戲。

③而且必須表現出最符合神魔遊戲的行動，才會被授予太陽主權。

④行使因贏得遊戲而獲得的強制接收權。」

大概是因為出現了勝利者，最後的獲得條件也顯示在「契約文件」裡。

詹姆士指向獲得條件③。

「特地選擇留在亞特蘭提斯大陸的你們想必已經注意到了，這次的遊戲除了解開主要謎題，還暗示了能以獎賞的形式來獲得主權。」

「『最符合神魔遊戲的行動』——也就是武力、智慧和勇氣這三項吧。」

「沒錯，那是恩賜遊戲最有名的三個代表要素。既然主遊戲是考驗智慧，幾乎可以肯定另外兩個獎賞會是武力和勇氣。」

聽到這句話，參賽者們的眼神都變了。

這就是眾人沒有離開亞特蘭提斯大陸的理由。畢竟會瘋狂到只是為了打響名號而留在這片危險大陸的人，大概只有那幾個問題兒童。

（至少還有兩次獲得主權的機會。為了發揮阿爾瑪的真正力量，我必須盡快拿到牡羊座的主權。）

主神宙斯擁有兩件著名的裝備，飛鳥擁有的阿爾瑪特亞其實就是其中之一。

要發揮出阿爾瑪那種無與倫比的希臘最強屏障之力，必須取得牡羊座的主權。要是這次真有機會贏得牡羊座，自然是飛鳥必須最優先爭取的目標。

「用來考驗參賽者是否擁有武力和勇氣的敵人——就是擁有巨大肉體，可稱為亞特蘭提斯大陸本身的希臘最強魔王，堤豐。」

遠處傳來地鳴聲。

儘管所有人大概都早有心理準備，聽到真相時仍舊忍不住因為那絕大的力量而感到暈眩。說是要與大陸本身戰鬥，實際上到底該怎麼做？

這樣一來，不就連遙遠的地鳴聲和落石化成的巨人族都等於是魔王的細胞嗎？

若是按照一般的方法去戰鬥，根本不可能把敵人徹底打倒。

「……但是，解開謎題的你知道該如何打倒他。因為你應該已經得到打倒殺人種——所謂王冠種的方法。」

「……！哎呀，這真是讓人驚訝，你注意到王冠種和主權戰爭的關係性了？」

看到詹姆士的這種反應，反而換成十六夜也覺得出乎意料。

對於詹姆士來說，這似乎是重要的情報。

「既然你知道這麼多，事情可就好說了。我確實已經取得打倒『蓋亞么子』……也就是魔王堤豐的方法，接下來就看你們是否願意協助。」

「聽起來是個好消息，不過這種行動也讓我無法理解。你只要默默撤離亞特蘭提斯大陸，幾乎所有參賽者都會陷入無計可施的狀況。換句話說，你顯然可以選擇讓第一戰在自己獲得強制接收權後就結束的劇本，為什麼你沒有那樣做？」

十六夜提出尖銳的質問後，詹姆士露出非常受傷的表情。

「這……要知道我這人雖然不喜歡戰鬥，倒也絕對不是一個膽小鬼。別看我這副樣子，年輕時也曾在學生拳擊賽中贏得還不錯的成績……」

「啊～是是是我知道了，以後有機會再慢慢請教你的英勇表現。」

用無關緊要的事情來轉移話題是這類型的人的常套手段，一旦認真回應就會沒完沒了。

……詹姆士因為無法繼續講下去而滿臉失望的反應肯定也只是演技。

（所以簡單來說，他肯定是別有目的……實在是個難纏的傢伙。）

不管詹姆士有什麼目的，他願意留下確實值得慶幸。

要是這傢伙拿到只有勝利者才能獲得的恩惠和情報就溜之大吉，真的只剩下所有人都逃離亞特蘭提斯這種路可走。

敵人是擁有「模擬創星圖」的魔王。

情報和戰力當然是越多越好。

「那麼讓各位久等了，我們立刻開始作戰會議——」

「先等一下！」

詹姆士的話還沒說完。

彩里鈴華突然舉起右手大聲喊停。

「……有什麼事嗎？」

「我有疑問，那個希臘的厲害魔王擁有什麼樣的傳說？因為這裡也有些人對那些故事不是很熟悉，為了讓大家都擁有共識，我希望可以詳細說明一下！」

傳說往往有多種分歧的軼聞與解釋。

因此讓參賽者們針對「蓋亞么子」——魔王堤豐到底是什麼樣的人物來進行討論，想必不會是浪費時間的行為。

詹姆士一言不發地徵求意見，現場沒有人提出異議。

「唔……好吧。也對，這位小姐說的有道理。但是很遺憾，我本人欠缺成為說書人(Storyteller)的才能，倒是有個朋友很擅長這種事。」

「……哦？你認識敘事者嗎？」

「嗯，雖然我從未羨慕過對方，不過這方面還是需要天賦。可以的話，這次就麻煩和希臘神話有關的人士……阿爾瑪小姐來說明如何？」

「我嗎？」阿爾瑪指了指自己。

詹姆士大概是判斷身為大父神宙斯養母的阿爾瑪想必很清楚內情，因而如此要求。

阿爾瑪以視線徵詢飛鳥的意願。

「應該沒什麼關係吧？反正已經有人解開謎題了，不會再造成誰有利誰不利吧？」

「既然主人這麼說，我自然奉命行事。那麼……」

阿爾瑪特亞拿出一個收納盒，開始翻找東西。或許講述「蓋亞么子」的故事時需要什麼重要的道具。

她對著牆壁進行準備，可以聽到窸窸窣窣的聲響。

飛鳥等人只能不解地歪著頭等待……

「──嗯哼！好的，不好意思讓各位久等了是也。」

「是也！」

「……是也？」

「是的，讓各位久等了是也。」

轉回來的阿爾瑪臉上戴著呈現W字的鬍子。這位沉穩女性的突發行動讓大家都不由得傻住，她本人卻摸著鬍子一臉得意。

「嘻嘻，我一直很期待哪天能獲得像這樣的機會是也。講到傳誦古代神話的敘事者，一律都是留著漂亮鬍子的老人家是也。」

「原……原來如此，是那樣嗎？」

飛鳥帶著困惑表情接受這個理論。

彩鳥錯過開口吐嘈的時機。

白化症少女並不清楚現在是什麼情況，不過看起來還是滿心期待。

雖然不知道這是來自哪個時代哪個地方的價值觀，總之阿爾瑪似乎認定敘事者必須由老人家來擔任。

十六夜仔細地觀察起阿爾瑪的鬍子。

「妳一直把這個鬍子帶在身上？」

「在『大父神宣言』成為議題之後，我認為這東西一定會派上用場，所以先準備好了是也。順便說一下，連看圖說故事的紙板也努力做好了是也。」

阿爾瑪得意洋洋地拿出紙板，結果只有白化症少女一個人興奮得連連拍手。第一次看到這東西的她對看圖說故事充滿興趣。

原本想吐嘈的眾人都因為少女的燦爛眼神而無法開口。

要是對如此雀躍的少年少女潑了冷水，可稱不上一流的參賽者。因為所謂的參賽者必須是箱庭的亮點，也必須是光明與希望的象徵。

至於負責主持這場會議的詹姆士……

「真是太棒了，請妳立刻開始吧。」

「OK，意思是沒人負責吐嘈。」

十六夜也放棄試圖控制狀況的念頭。

既然本人和觀眾都興致盎然，反而是喊停的人顯得不識時務。現在應該要老老實實地把注意力放在阿爾瑪的說明上。

「那麼……這是很久很久以前，箱庭還是黎明期時的故事是也。

『蓋亞么子』，魔王提豐。

要講解他的事蹟，必須先提及一位藍星的半星靈——大地母神蓋亞是也。」

「……半星靈……」

飛鳥回想起帝釋天——御門釋天以前說明過的知識。中華神群的「齊天大聖」和印度神群的「頗哩提毗‧瑪塔」都屬於半星靈這種分類。

聽起來大地母神也是半星靈之一。

根據釋天所言，被稱為半星靈的種族擁有一個共通點……他們都是**半神半星**的最強種混血。

「星靈是在最強種中也特別強大的種族吧？之前出現了據說是藍星之大星靈的人物，那麼半星靈和星靈又是如何才會誕生呢？」

「只有靠自身力量來獲得自我，或是靠純粹的神靈來促使覺醒這兩種方法是也。其中大地母神蓋亞被促使她覺醒的古老諸神賦予了成為星之楔的使命，孕育出眾多的種族與神明是也。」

阿爾瑪不知道從哪裡拿出了豎琴，撥動琴弦奏出樂聲。

接著她摸著鬍子看向遠方，以有點寂寞的語氣繼續講述。

「蓋亞擁有美麗的亞麻色頭髮，燦爛的蒼藍色眼眸，少女般嬌嫩動人的嘴唇還能唱出美妙的歌聲。要是被她的雪白雙手握住，沒有哪位男神能夠不為她傾倒。當時的諸神都對蓋亞心懷愛慕，也人人都很嚮往她講述的未來是也。」

「……蓋亞講述的未來？」

「她對眾神的未來、人類的未來以及星體的未來都抱持著肯定看法，總是面帶快樂笑容如此述說……」

——「既然人類是星球的一部分，人類的發展就等同於星球的發展。

如果有一天人類之子可以像蒲公英絨毛那般飛越海洋、飛越天空、飛越世界，

幫忙送來藍星之種子，我覺得就會是最讓人開心的事情」。

「哎呀……！蓋亞居然抱著這種想法，似乎是一位很棒的女神呢！」

「沒錯，就連那位白夜王也對蓋亞疼愛有加是也。甚至還留下了紀錄，提到白夜王認為蓋亞有一天或許能成為和她並肩的人物是也。」

飛鳥拍了拍手，開心又專注地聆聽阿爾瑪的說明。

白化症少女也因為阿爾瑪的溫柔語氣和用心的故事紙板而興奮不已，得知這位眾神之母的故事後更是忍不住連連點頭。

對於其他參賽者來說，他們肯定也是初次耳聞。

這些古老的神話——而且是僅限經歷過箱庭黎明期的人物才知道的真相，如今正由當事者親自對眾人訴說。

身為大父神宙斯的養母，阿爾瑪想必見證了一切。

聽到這邊，一臉嚴肅的十六夜開口發問：

「星之種子嗎……蓋亞說過人類和其他生命同樣都是其中的一部分？」

「沒錯是也。蓋亞和其餘的半星靈姊妹不同，對於星球的未來已經描畫出明確的藍圖，現今的歷史也有大約六成是以蓋亞當初構想的情景來作為基礎是也。」

「……！我從來沒聽說過這種事情。這是真的嗎，康萊？」

米莎瞪著康萊，低聲向他確認。

康萊只是聳了聳肩。

「這個嘛……我什麼都不清楚。要知道箱庭黎明期等於是天啟聖典的出處，像這種比神話更早的原型歷史，不是說除了女王，只有六個人在記錄而已嗎？」

「……也就是說，這是古神以外無人得以知曉的情報嗎？」

米莎咬著指甲，放棄繼續追問。

十六夜或許也覺得有些奇怪，他用右手摸著下巴，再度提出自己的疑問。

「老實說我感到相當意外。我們之前曾和半星靈交手，蓋亞的意見顯然跟那傢伙完全相反。」

「沒錯。而且以結果來說，蓋亞還是生下了魔王堤豐吧？」

「說起來是那樣沒錯。所謂的殺人種並不是必須以人類為食，而是專門『**殺死人類**』的種族。要是她沒有消滅人類的意圖，應該不會生下殺人種。」

蓋亞的想法為什麼會出現如此劇烈的轉變？這問題讓人百思不解。

阿爾瑪並沒有回答，而是撥動琴弦發出悲傷的旋律。

她的臉上帶著和先前完全不同的憂鬱神色，還拿下鬍子搖了搖頭。

「……蓋亞的夢想在某一天突然破滅了，她的夢想只不過是某場戰爭前的夢幻泡影。」

「戰爭？」

「沒錯。那是在箱庭黎明期爆發的初始之戰，造成星靈和諸神對峙的一切開端——也是影響到後續反烏托邦戰爭與七天戰爭的元凶。」

那場戰爭叫作「星神戰爭（Gigantomakhia）」。

據說當時的戰況非常壯烈，期間經歷了第一次戰爭的泰坦之戰（Titanomachia），第二次戰爭的巨人之戰（Gigantomakhia），甚至延續到了總決戰的第三次戰爭，最後才在大父神宙斯與魔王堤豐的決鬥後劃下了句點。

「尤其是在第二次星神戰爭中與諸神為敵的巨人族獲得大地母神蓋亞的加護，擁有能讓諸神的權能全數無力化的驚人力量。」

「讓……讓權能無力化？」

「是的，這是源自於藍星星權的力量。而且並不是只有一部分巨人擁有這種力量，而是**所有巨人族**都能讓權能無效。」

一部分參賽者驚訝到連話都說不出來。

畢竟諸神的權能是恩惠的泉源。既然可以讓權能無力化，代表巨人族應該也同時擁有能導致恩惠無效的力量。

「雙方鏖戰不休，粉碎大地，劈裂天空。到了第三次戰爭，甚至連擁有壓倒性力量的主神宙斯也敗在魔王提豐的手下。」

「主……主神打輸了？這種事情真的有可能發生嗎？」

「要看情況。幸好在同伴的努力下，落敗並遭到囚禁的宙斯成功獲救，九死得了一生。」

「哦哦～」白化症少女發出歡呼聲。

阿爾瑪雖然拿下了鬍子，但紙板上的故事還沒說完。

「儘管宙斯保住了一命，再度正面挑戰擁有絕大力量的魔王提豐卻只有敗北的下場。於是想要幫助宙斯的女神們為了奪走大地母神的加護，誘使魔王提豐吃下大樹的果實──『星辰果實』。」

「……？不，妳先等一下。『星辰果實』是什麼東西？不是『命運果實』嗎？」

聽到這邊，十六夜舉起右手發問。大概是因為他知道傳說原本的內容，所以覺得不太對勁。

兩者或許是相同的東西，阿爾瑪選擇不同名詞的用意卻讓十六夜產生疑惑。

理解他意圖的阿爾瑪重新戴上鬍子，點了點頭再度開口。

「十六夜，在你知道的魔王提豐相關傳說中，關於『命運果實』有什麼樣的描述是也？」

「大致上的流程沒什麼不同。

女神們把『願望能夠實現的命運果實』獻給打贏戰爭的魔王堤豐，然而被魔王當成供品吃下去的東西實際上卻是『願望絕對不會實現的命運果實』——算是中了美人計吧。」

「沒錯是也。無論哪個時代，男性總是難過美人關是也。」

「接下來的發展，就是堤豐因為吃了『命運果實』而失去大部分力量。」

「表面上是那樣，實際上這個傳說還有**另外一面**是也。」

「另外一面？」

十六夜滿腹狐疑，詹姆士卻打斷他們的對話。

「我晚點會說明這部分，阿爾瑪小姐請繼續看圖說故事。」

「好，那就繼續說故事是也。」

阿爾瑪特亞接下來講述的傳說和一般所知的故事大致相同。奧林帕斯的眾神守住重傷瀕死的宙斯，宙斯在傷勢痊癒之後，與失去大地母神加護的魔王堤豐再次展開決戰。

戰況極為激烈，導致地坼天崩，山河破碎四散。

不過任何戰爭都有結束的一天。

最後是宙斯以最強的一擊——雷霆Keraunos來分出這場戰鬥的勝負。

「讓這場神話戰爭告終的一擊震撼世界，希臘終於重獲和平。主神宙斯也因為打贏這場戰爭而鞏固了地位，以大父神之姿建立起永久的治世。」

可喜可賀可喜可賀……看圖說故事到此結束。

白化症少女興奮地連連拍手，有幾個人也受到影響跟著送上掌聲。

鈴華是其中之一，卻突然想到什麼似的用食指抵在下巴上。

「……Keraunos？」

「妳怎麼了，鈴華？」

「我們是不是在哪裡聽過Keraunos這個名詞？好像是金牛座的……」

「對，雷霆Keraunos……這正是關鍵的武器。」

詹姆士的發言引起眾人的注意。

他走到阿斯特里歐斯身邊。

「我想每個參賽者應該都知道，金牛座的主權在二十四個太陽主權中擁有最強的破壞能力，也是雙刃斧(Labrys)的原型，力量的象徵。很巧的是，阿斯特里歐斯王持有的金牛座主權就是打倒魔王提豐的王牌之一。」

「嗚……」

參賽者和原住民的視線一口氣都集中到阿斯特里歐斯身上，尤其是在場的原住民眼中還透出強烈的期待與憧憬。

一部分在場者也因此明白詹姆士為什麼會幫忙阿斯特里歐斯。

想贏得這場遊戲，金牛座的主權是最重要的王牌。

只要先控制住擁有這張王牌的阿斯特里歐斯，要把第一戰的獎賞全都贏走也不是不可能的事情。

這傢伙幫助阿斯特里歐斯和原住民的行為，其實打從一開始就別有理由。

「……原來如此，我完全理解狀況了。看來你勝算十足嘛，詹姆士。」

「我不打沒有勝算的仗。」

「但是只有金牛座的Keraunos還不夠完整，我說你這位第一戰的勝利者大人該不會已經取得另一張王牌了吧？」

「你說什麼！」

飛鳥忍不住激動回問。匯總剛才提到的情報，要打倒魔王堤豐需要兩張王牌。

一是在戰鬥中決出勝負的雷霆Keraunos。

二是能夠奪取魔王力量的「星辰果實」。

主神宙斯就是在湊齊了這兩項條件後，才終於獲得了勝利。

就算太陽主權戰爭的參賽者們都是以一當千的強者，想要戰勝曾經打贏主神的魔王，沒有先取得所有關鍵要素還是根本免談。

詹姆士瞇起眼睛，帶著微笑拿出恩賜卡。

「你在場讓我少費很多口舌，真是幫了大忙——沒有錯，我已經查出『星辰果實』生長的地方，拿到了這顆種子。」

「**生長的地方**？在這片亞特蘭提斯大陸上？」

「對，這片大陸是魔王堤豐的**屍體**。也就是說，實際上曾經發生過傳說裡並未提到的『讓大陸吃下果實』的行為。」

聽到詹姆士的推理，飛鳥握拳敲了一下手掌。

「簡而言之，所謂『讓魔王吃下命運果實的傳說』其實等於『在大陸上**種植**星辰果實種子的事實』嗎？」

「沒錯。這個星辰果實是相當危險的植物，似乎擁有可以吸收所有物質與流體並無限成長的性質。所以這玩意兒以前是寄生在魔王堤豐的心臟——『星辰粒子體』結晶體所在的大礦脈上，持續吸取其力量。」

「嗚哇，那是怎樣……聽起來有點恐怖。」

鈴華忍不住發抖，她大概是想像到某種未知植物入侵體內並蔓延到全身的情景。

「我們的世界裡也有這種植物嗎？」

「我沒有義務回答這問題……總之，這只是我的推測。這個植物必須吸收粒子的結晶體才能成長到一定的大小，因此外界幾乎不可能還殘留著野生種。即使是在箱庭裡，大概也只剩下這片大陸上還找得到。」

這時，十六夜突然想到橄欖樹。

（這片大陸上生長著和當時相同的原生生物，出現這種神祕植物或許也沒什麼好奇怪。）

另外，他並沒有忽略詹姆士很熟悉「星辰粒子體」的事實。畢竟這傢伙很可能出身於近代，想必也很清楚「Ouroboros」是以何種手段去掌控控粒子體。

只要抓住機會，說不定有辦法挖掘出什麼相關的情報。

「既然我們現在已經掌握了兩個勝利條件，該採取的行動自然只有一個——那就是團結一致打倒魔王堤豐……各位不這麼認為嗎？」

（實在可疑。）

（活像詐騙。）

（這傢伙的嘴巴有夠臭。）

只有在這一瞬間，所有參賽者都一致團結。

「當前的敵人可以區分為三組。

『形成群體的巨人族』，

『魔王堤豐的肉體，也就是亞特蘭提斯大陸』，

『被魔王堤豐的精神所依附的化身(Avatar)以及他的同伴』。

另外還需要負責前往敵人的心臟並埋下『星辰果實』種子的人員，所以必須分成四個部隊。各位有異議嗎？」

「沒有，但是我有個問題。關於外面那些還沒聯絡上的參賽者，你打算怎麼統一彼此的步調？」

「對方已經主動跟我們接觸，似乎會配合這邊的行動來出擊。」

得知詹姆士安排得如此周到，十六夜也沒有必要特別再多說什麼。接下來的問題是該如何分組──

「狀況我了解了。不過分組由我們這邊來規劃，沒問題吧？」

「……哦？這是為何？因為你信不過我嗎？」

「這什麼白痴問題。基本上自家人以外的參賽者就全是競爭對手，要扯什麼信不信得過的話根本沒完沒了。主要是因為你已經獲得第一個獎賞，如果再繼續插手人員指揮和部隊編制，大家的不平不滿都會爆發。」

十六夜不以為然地看向詹姆士，詹姆士也乾脆地點了點頭。

「嗯──果然優秀，可能的話希望由你來負責指揮與編制。」

「那種事我們會自己決定，你先滾回房間窩著吧。不然也可以去調整包括原住民在內的全體作戰要如何安排。」

「好，調整全體的日程也是我很擅長的事情。這邊就交給你了。」

語畢，詹姆士轉身離開。

阿斯特里歐斯卻突然從後方對他大叫。

「等等！詹姆士！你還沒講到最重要的事情！」

「嗯？」詹姆士歪著頭回過身子，十六夜也是滿臉不解。負責主持會議的兩人都自認已經把該講的事情全說清楚了。

接下來的必要事項應該只剩下分組。

然而阿斯特里歐斯的表情卻比先前更加緊張。

十六夜有些介意，也從背後詢問阿斯特里歐斯。

「你怎麼了？有什麼基於國王立場的問題嗎？」

「……也可以那樣說，因為這件事和魔王堤豐所屬的共同體『Yggdrasill』有很深的關聯。」

這句話引起參賽者們的注意。阿斯特里歐斯被此地的原住民奉為國王，對他的發言自然不能置之不理。

假使有什麼剛剛尚未提到的傳說，說不定還能拿來對抗詹姆士。

但是阿斯特里歐斯的發言卻出乎所有人的預料。

「現在的魔王堤豐是依附在作為化身的人類身體上……對吧，赫拉克勒斯？」

「對，沒錯。」

「那麼我們有義務對參賽者好好說明那個化身是什麼人——還有，為什麼會是粒子體研究的**犧牲者**。」

最早對阿斯特里歐斯這句話表現出驚訝反應的人，是祭司阿卡希亞和助理祭司菈菈。

十六夜也忍不住懷疑起自己的耳朵。直到這個瞬間為止，他都不知道魔王堤豐的化身是粒子體研究的實驗體，還推測化身可能也是某個神話人物。

不過阿斯特里歐斯卻說那個化身是「犧牲者」。

換句話說，他連堤豐的化身其實是粒子體研究實驗對象的事情都已經掌握。

到底是誰把這個情報透露給阿斯特里歐斯？

——答案當然只有一個。

（詹姆士……這傢伙果然也參與了粒子體研究……！）

十六夜瞪著詹姆士，視線凶狠到像是隨時會出手攻擊。

詹姆士把手放在下巴上思考了一會兒，最後緩緩搖頭。

「這是我衷心的勸告……還是不要告訴其他參賽者比較好。」

「為……為什麼？」

「因為會影響到士氣，那不是適合讓眾人人都知道的情報。」

詹姆士用不允許反駁的強硬語氣如此斷言，看樣子這個情報相當重要。問題是似乎有不少參賽者對他隱匿情報的行為感到不滿。

注意到其他人的反應後，詹姆士換上淺淺笑容。

「要是你無論如何都想一吐為快……這樣吧，我建議你可以私底下透露給十六夜知道，他應該會給出適當的回應。」

「這……也對，十六夜確實值得信賴。」

阿斯特里歐斯輕輕點頭。

有了結論之後，詹姆士這次終於離開鍛鍊場。

旁觀這一連串對話的十六夜忍不住狠狠咂嘴。

詹姆士一直吹捧十六夜自然有其用意。

畢竟詹姆士本身已經遭到其他參賽者如此敵視，受他推薦的十六夜若想出頭想必會引起某些人的反感。

由此可以證明，詹姆士並不願意讓十六夜取得整體的指揮權。

（居然給我使出這麼難解決的手段，其他人的視線有夠尖銳。）

這次是十六夜太大意了。

知道詹姆士曾提供建議後，當時就該先進一步追問那傢伙到底對阿斯特里歐斯說了些什麼。根據他那種彷彿已經走頭無路的表情，肯定是被灌輸了什麼重大的情報。

聽阿斯特里歐斯訴苦是不打緊，但是必須準備好不會讓其他參賽者察覺的狀況。

就算詹姆士的擾亂確實棘手，這種程度的妨礙還不足以讓十六夜退縮。

無論是會遭到眾人懷疑還是別的什麼困境，他的內心早有準備好各種理論的答案，因此沒有必要擔心任何事。

十六夜大搖大擺地讓其他人的視線都集中在他身上。

「好了……進入正題之前，有件事要先詢問在場所有參賽者的意見。」

「什麼事？」

沉默至今的頭巾青年開口回問。

十六夜用大拇指比著詹姆士離開的方向，帶著滿臉怒氣開口。

「我想統一大家的想法。關於那個叫作詹姆士的傢伙……要是有哪個人不覺得他非常可疑，麻煩直接舉手表明立場。為了讓各位可以好好考慮，我願意等個三分鐘。」

語畢，十六夜豎起三根手指，鍛鍊場卻陷入一片寂靜。

——……

——…………

——………………

「OK！這應該代表所有人都一致認定那傢伙完全不可信吧！」

「實際上也太可疑了！那個人到後來根本沒打算贏得我們的信任！」

「只要知道『Ouroboros』的惡行，不會有任何人願意相信他。與其聽信那種傢伙的說詞，相信哪個有錢人家的少爺還比較有建設性。」

鈴華與飛鳥表示意見後，其他聽說過「Ouroboros」劣跡的參賽者也紛紛表示同意。十六夜忍不住心想共同體的信用果然重要。

米莎更是帶著嚴肅表情舉起手。

「先不論值不值得信賴，那傢伙還是把重要情報藏著沒說。明明公布了勝利條件，卻沒有提到『大父神宣言』的謎題，想也知道一定是故意隱瞞——而且……」

說到這邊，米莎看向阿斯特里歐斯。

「阿斯特里歐斯王，恕我冒昧請教……您擁有的金牛座Keraunos確實是足以打倒魔王堤豐的超級武器嗎？」

「嗚……」

阿斯特里歐斯沒能立刻回答，而是轉開視線。

他目前只能確定Keraunos擁有「無限聚焦並釋放閃電」的權能。如果時間足夠，或許真能把亞特蘭提斯大陸整個消滅……但是恐怕需要好幾天。

若要在這次戰鬥中運用這個權能，想來是不切實際的做法。

「……果然如此。看樣子除非解開『大父神宣言』裡隱藏的謎題，否則無法讓雷霆Keraunos發揮真正的力量。」

「我也那樣認為，由此可以合理推論……那傢伙之所以只公布勝利條件卻省略了找出解答的過程，正是因為過程中隱藏了什麼重要的情報。」

遊戲的勝利條件如下：

「追溯多重疊合的星辰前行，造訪古老英雄，揭發大父神宣言之謎」。

為了整理到此為止的討論，十六夜拿出「契約文件」。

「『追溯多重疊合的星辰前行』這句話裡隱藏著意指『星星（stella）』、『石柱（stele）』和『石碑（stele）』等多重意義的謎題。」

「至於『造訪古老英雄』這句話則是要我們前往赫拉克勒斯的石柱，也是指主辦者派來的英雄赫拉克勒斯本人。」

十六夜點點頭同意飛鳥接著說出的推論。

「而且如果情報沒錯，參賽者本來應該能在通往魔王堤豐心臟的洞穴裡找到關於『大父神宣言』的謎題。不過大部分在場的人卻因為後來那場騷動而沒有看到石碑的內容，例如那邊的輕裝二人組大概就是這樣？」

聽到十六夜的問題，米莎和康萊都不太高興地點頭承認。

「……是啊，我們來不及找到全部的石碑。要是那時某個戰鬥狂沒有一直和其他參賽者起衝突的話，想必可以進行得很順利。」

「是是是，一切都是我的錯。」

米莎滿腹怨氣，康萊卻聳著肩沒當一回事。

在探索石碑的遊戲途中，火山開始爆發，巨人族也隨之出現。

參賽者光是為了保命恐怕就已經竭盡全力。

「所以我有個提議——這裡有我們取得的石碑內容複本。」

「……！」

「赫拉克勒斯，你確認一下內容是否正確。」

看到十六夜把手機丟了過來，不知道那是什麼的赫拉克勒斯還是歪著頭接住。然而手機的液晶螢幕在他的巨大手掌裡顯得很小。

彩鳥趕緊跑過來告訴他如何操作，於是赫拉克勒斯很佩服地點了點頭。

「哦……手指往旁邊滑就能翻頁……」

「是的，滑動是翻頁，點兩下可以放大。」

「喔喔……那麼碰這裡會怎麼樣？」

「呃……這是歷史ＡＰＰ，所以具備搜尋偉人事蹟之類的功能。」

「哦……意思是有這東西就能獲得情報嗎……外界居然有如此多功能的恩賜……原來如此……嗯……」

赫拉克勒斯很認真地對付液晶螢幕。如此開心是很好，但是十六夜更希望他可以趕快確認內容。

其他參賽者也帶著緊張表情在一旁等候。

既然十六夜先特地強調碑文的重要性才宣布自己持有複本，代表他想必是打算和參賽者進行交涉。

像這樣可以平穩度過的時間似乎很多，實際上卻很少。

在巨人族發動攻勢之前，有許多必須處理的事情。

「嗯——好，我充分把玩過了！」

「不，你把玩個什麼啊到底看清楚內容沒？」

「當然，這些照片確實是碑文的複本。」

獲得赫拉克勒斯的保證後，十六夜立刻發表宣言。

「如果各位願意服從我的指揮與部隊編制，我願意公布碑文的內容與詳情，還可以分享解開『大父神宣言』之謎時需要的情報。」

「……哦？聽起來真慷慨，可是這些條件對我們太有利了吧？」

米莎藏在太陽眼鏡後方的碧眼閃出光芒。

或許是先前和詹姆士的對話讓她的戒心提高太多，現在無法放寬心相信這種滿滿好處的提議。

十六夜收回手機，豎起食指回答。

「我就直說吧。既然智慧＝解謎，要說剩下的兩個條件幾乎已經確定也不算是誇大。我想沒有人尚未想通吧？」

答案顯而易見。事到如今，有資格參加主權戰爭的參賽者不可能連這種程度的事情都無法理解。

在目前的狀況下，可以推論出要用來測試武力與勇氣的方法或許是以下兩種。

武力＝打倒魔王提豐。

勇氣＝獲得英傑赫拉克勒斯的推薦。

這兩項就是最有可能的獲獎條件。

「換句話說，被派去對付巨人族的成員必然會失去這個最後的機會。所以為了確保公平性，我打算採用每個共同體各派出一人去討伐巨人族的方針……你們覺得如何？」

講到這邊，十六夜停了一下。

參賽者們看著彼此開始討論，不過並沒有出現反對的聲音。大概是他們感覺到十六夜提出的作戰計畫確實顧及了公平性。

「除此之外，選定兩支主力部隊的成員時，我也會把自己和赫拉克勒斯分開。所以我會失去一個向赫拉克勒斯展示自身能力的機會。」

「……你這話是認真的？」

「那還用說，要知道敵人可是希臘最強的魔王。我們即將面對就連奧林帕斯的那些大神們也得齊心協力絞盡腦汁計謀策劃後才好不容易打贏的對手，要是參賽者這邊還敢不互助合作，絕對會被敵人瞬間弭平。」

這幾句很有可能成為現實的預測讓參賽者無言反駁。

沒錯——敵人是曾經擊敗主神宙斯的最強魔王之一。

原本更是擁有大陸等級的巨大身體，還能施展「模擬創星圖」的強敵。

上次只發揮了純粹的破壞能力，然而他的「模擬創星圖」想必和「阿維斯陀（Avestā）」一樣還蘊藏著未知的力量。那樣一來，只靠參賽者根本無力對抗。

就算已經湊齊了戰勝魔王所需的恩惠又有什麼用？以不是神靈的人類為基礎的參賽者就算聚集再多，正常來說依舊毫無勝算。

現在不是計較自身有何損失的時候。

「以個人身分參賽的人記得在編制定案前找我或赫拉克勒斯毛遂自薦。戰力越多越好，擁有實力的人更是該站上最前線……有反對意見嗎？」

「——……」

鍛鍊場陷入一片沉默。

阿爾瑪內心稍稍感到佩服。

（哎呀……他很巧妙地帶動了風向。）

十六夜藉著刻意公布手上所有情報來贏取眾人的信賴。

這種做法和剛才的詹姆士完全相反。先不論哪種方法比較正確，總之十六夜精彩地打消了詹姆士設下的奸計。參賽者已經開始討論應該加入十六夜還是赫拉克勒斯的隊伍。

以個人身分參賽的飛鳥也必須思考自己該如何行事。

「主人，我們要怎麼做？」

「很難決定……只是比起加入十六夜的隊伍，我認為選擇跟在赫拉克勒斯先生旁邊展示自身能力比較有可能獲得獎賞。」

「您說得對。何況和十六夜先生相比，會更加凸顯主人的不成熟。」

聽到這種直接的諷刺，飛鳥不高興地皺起眉頭。

「……妳還是太多話了。但是我這次不會上當，因為我只是把勝算和獎賞都放到天秤上衡量後並做出選擇。」

「嘻嘻，表現得很好。雖然進步得不快，不過主人您也越來越會對應挑釁了。」

聽到阿爾瑪這句稱讚，飛鳥更是氣得鼓起臉頰。

另一方面，十六夜快步前往鈴華她們身邊，笑著舉起右手打招呼。

「看來精神不錯嘛，聽說之前是妳們兩個負責照顧我？」

「哼哼，正是如此，是我們這對美少女搭檔負責照顧十六哥。」

「嗯，十六夜，幸好你恢復了。」

白化症少女隨口打完招呼，就繞到十六夜的背後開始往上爬，簡直像是在攀爬公園立體鐵架的小孩。

這種充滿似曾相識感的行徑讓十六夜一整個不高興起來，他毫不客氣地瞪著鈴華。

「……喂，鈴華。」

「啊！對了！在十六哥睡覺的期間，大家幫這女孩想了個名字！」

鈴華豎起食指，自豪地挺起胸膛。

爬到十六夜肩上的白化症少女為了自己成功登頂而感動發抖，還直接在肩膀上坐了下來。

十六夜冒著青筋把少女扯了下來，像是在抓貓一樣地揪起她的後領。接著保持這個姿勢瞪著白化症少女說道：

「這樣啊這樣啊，有了名字是很好，但是應該有其他必須先做的事情吧？就算我對小孩很寬容，對沒禮貌的小鬼可是非常嚴厲的喔。」

聽到十六夜這麼說，白化症少女慌忙擺正姿勢。後領依然被揪著的少女就這樣行了一禮，中規中矩地自我介紹。

「那個……我叫西鄉菜菜實，以後請多多指教。」

「對！她叫菜菜實！是我跟小彩還有飛鳥小姐三個人一起想的！」

鈴華一臉得意地豎起大拇指。

聽出這名字含意的十六夜瞇起眼睛。

（……菜菜實……噢，原來如此，這是源自773號的名字嗎？）（註：菜菜實的日文發音為Nanami，773也可以唸成Nanami）

金絲雀曾經說過取一個沒有關聯也無涉因緣的名字並不好，鈴華應該是忠實遵守了這個教誨。對於白化症少女來說，過去或許很痛苦；但是身為一個人，過去卻是斬也斬不斷的一部分。為了讓她能在新環境裡堅強活下去，以某種形式保留過去大概比較好。

「……菜菜實嗎？嗯，這名字還不錯。據說名字是人類最早從他人那邊獲得的恩惠之一，妳要好好珍惜。」

「嗯，我會珍惜。」

「是說確定姓西鄉了嗎？沒有姓氏的人可以從寄養之家成員的姓氏裡選一個喜歡的，這個習慣應該還在吧？」

「習慣還在是還在，可是我們連什麼時候能回去都不知道。而且她本人好像也喜歡這個姓氏，所以我們覺得還是直接整組記住或許比較能適應。」

這話有道理，多次更改小孩子一開始記住的名字不是好事。雖說十六夜對西鄉這姓氏也不是完全沒有意見，但以這次的狀況來看也沒有更好的辦法。

「對了，怎麼都沒看到焰？他在忙什麼？」

「唔……我今天沒看到他。總之雖然我不懂，不過他好像是為了製造十六哥的武器一直埋頭奮鬥。畢竟之前那個機器壞掉了吧？」

聽到鈴華的發言，十六夜像是被提醒般地看向右手。

他的B.D.A在之前「模擬創星圖」與「模擬創星圖」衝突時整個瓦解。這個能力的風險很高，具備的瞬間戰鬥力卻是前所未見。

話雖如此，對失去的東西念念不忘並不符合十六夜的風格。

他原本只是把那個名為B.D.A的東西視為一種能夠利用所以拿來利用的力量……如果是西鄉焰，或許真能再度做出同樣的武器。

「……好，焰在哪裡？」

「餐廳對面的居住區。」

「我暫時無法離開這裡，妳們兩個可以去叫焰過來嗎？」

「包在我身上！既然要過去，乾脆順便前往餐廳，帶點慰勞品過去吧！」

「包……包在我身上！」

西鄉菜菜實努力模仿鈴華的發言。這個模樣雖然可愛，但十六夜無法接受純樸少女講起話來越變越粗魯。

他原本想說教幾句，鈴華和菜菜實卻靠著空間跳躍而消失了。

這兩個傢伙都得再找時間教育一下……十六夜暗暗在內心留下紀錄。

（除了焰，春日部和其他人的事情也讓人在意。如果我的記憶沒錯，小不點少爺應該也在五天前的那個戰場上。）

仁・拉塞爾——以前隸屬於「No Name」，現在卻成為「Avatāra」一員的人物。

十六夜也明白背後必定有何理由，不過根據現狀判斷，他很可能正和春日部耀一起行動。

（要是能多少明白小不點少爺的意圖也好……那個不良少年到底打著什麼主意？）

「十六夜！其他參賽者都想看一下碑文的複本！」

「好。我馬上過去，先等我一下。」

強烈地震一直沒有停歇，這個地下要塞也不知道多久之後會被敵人發現。

決戰之前的時間所剩無幾，快的話恐怕半天之後就會開戰。

為了打倒魔王堤豐，許多事情必須同時進行。

如果不能以最快速度解開「大父神宣言」裡隱藏的謎題，就趕不上最終決戰。

「我們取得的碑文一共有六個，我推測其中和解謎有關的只有三個。也就是必須靠著這三個碑文來解開『大父神宣言』之謎。」

「而且不能只靠碑文，還要一邊調查神話傳說一邊解謎。身為遊戲掌控者，這真是大展身手的機會。」

一臉得意的米莎挺起胸膛。

然而康萊卻不以為然地扯著她的亞麻色頭髮。

「妳胡說什麼啊。現在已經不能隨便使用太陽主權了，怎麼能再透露出更多底細？還是先退後吧。」

「咦……等……你等一下……！」

「再說參賽者能共享情報，我們沒有必要繼續參加。」

康萊繼續拉著米莎的頭髮，輕裝兩人組就這樣退到了牆邊。

老實說，十六夜和阿爾瑪都覺得可惜。

雙槍少年還可以姑且不論，叫作米莎的女性不參加考察卻是浪費了她的才幹。他們原本希望米莎能夠參加考察，再趁此機會想辦法誘導她說出羅馬教廷的情報，或是他們和麥第奇家族之間的關聯。

「……算了，反正我的狀況很好，而且如果只是為了解謎，靠目前人員應該也很足夠。我會提供手機讓參賽者傳閱，你們記得都看一下。」

參賽者們都聚集在手機旁邊。

其中也有些人跟赫拉克勒斯一樣對手機很感興趣，不過認為現在沒空給予特殊待遇的十六夜把他們全都踹到了一邊去。

碑文的複本上有著以下的內容：

——記述①「定義帕修斯為父神宙斯的第一子，作為大父神宣言的前提」。

——記述②「現在的半神半人之定義源自於大父神宣言」。

——記述③「在前提條件下，赫拉克勒斯的存在概率是百分之一百」。

——記述④「理解大父神宣言真意之人，必須前往深處的大樹報告答案」。

——記述⑤「若無法理解大父神宣言之真意，星座就不會閃耀」。

——記述⑥「辨明真意之人千萬不可忘記。步向王道者是大父神，犯下過錯者是神王因陀羅」。

所有參賽者都看完複本之後，十六夜拿回手機指著液晶螢幕說道：

「我想看過碑文就知道，這次的解謎還需要對帕修斯相關傳說的詳細知識。所以我認為也必須仔細釐清帕修斯的傳說——」

現場暫時陷入沉默。

十六夜本人當然很清楚帕修斯的故事，但並不是所有人都跟他一樣了解神話傳說。況且考慮到公平性，現在應該由另外的人物出面負責說明。

如此一來，適合的人選只有一個。

所有參賽者都看向阿爾瑪特亞。

「……好的，我已經預料到這種情況，所以也準備了帕修斯的故事紙板！」

「不愧是主神的養母！幹練的女性值得讚賞！」

「這是我的榮幸。」

「難怪妳在遊戲開始前一直偷偷摸摸地做著什麼……算了，我們就一邊聽阿爾瑪看圖說故事，一邊進行考察吧。」

希臘古老傳說故事①

好──你們準備好了嗎？
接下來要解開「大父神宣言」裡隱藏的謎題，
首先必須仔細分析「帕修斯」誕生的傳說。
記述①「定義帕修斯為父神宙斯的第一子，作為大父神宣言的前提」。
這次的考察就是為了解開這個謎題吧？
（咦？是不是只有我覺得哪裡不太對勁？）
Perseus
「帕修斯」──正好是我們剛來到箱庭時，
曾經交手過的那個共同體呢。
阿爾瑪，請妳講述一下是什麼樣的傳說吧。
遵命，主人。（戴上鬍子）
很久很久以前──
在阿爾戈斯這個城邦國家，有一位
叫作阿克里西俄斯的國王是也。
很久以前！
有位國王！
國王已經有一個名叫達那厄的女兒，但是他希望
能有兒子繼承王位，因此找來預言家進行占卜，
想知道兒子什麼時候才會出生。
噹噹噹～

可是預言家占卜後，卻說國王不但沒有嫡子，
甚至星象還註定達那厄生下的孩子將來會殺死國王。
這下事情不好了！

……咦？小孩出生以後就會被殺嗎？

國王又急又氣，決定把女兒達那厄關進
「完全隔離的青銅房間」裡是也。
知道達那厄再也無法接觸到任何人後，
有一位神明對她深感同情。
——沒錯，那就是希臘的主神宙斯。

大父神宙斯……
（咦？果然還是只有我覺得不對勁嗎？）

主神宙斯憐憫達那厄身為公主
卻被迫孤獨度日的境遇，
於是化為黃金雨，從窗戶進入房內與她相會。
兩人之間的愛情結晶就是後來的英傑帕修斯是也。

接下來的故事相當有名。
帕修斯收集到三種寶物，
討伐魔王戈爾貢……不，在箱庭好像叫阿爾格爾？
總之他打倒了魔王，不過這次的主題是
「大父神宣言和帕修斯誕生的因果關係」，
所以後續可以略過不提。

嘻嘻，那麼講到這邊，
各位有沒有什麼疑問呢？

因為情報太少，別說有什麼疑問，根本還無法做出判斷。
……達那厄好可憐，後來怎麼了呢？
孩子出生後，憤怒的國王下令把達那厄和小孩一起裝進箱子丟進海裡。
!!!?!??!?
別擔心，靠著諸神恩惠庇佑，母子兩人都得救了。後來達那厄和長大的帕修斯一起回到故鄉，過著幸福的生活是也。可喜可賀可喜可賀。
喔喔！最後是快樂結局！
……實際上如何呢？要是我的推論沒錯，帕修斯的傳說應該還有另外一面。
哦？
阿爾瑪，我想先確認一件事。達那厄被關進「完全隔離的青銅房間」裡，也就是除了送餐口，那是不可能出入的密室，而且還受到監視吧？
沒錯，就是那樣。

再來是另一件事。記述③提到
「在前提條件下，赫拉克勒斯的存在概率是100%」。
我記得赫拉克勒斯應該是帕修斯的子孫？

對，赫拉克勒斯是帕修斯的曾孫。

好，這兩名英雄具有血緣關係。
生命的系譜要是半途中斷，
後續的存在也會因此消失。
既然赫拉克勒斯的存在概率是100%，
那麼帕修斯的存在概率也該是100%。

哎呀，所以記述③等於是
進一步證實了記述①？

沒錯，因為重點是「大父神宣言」之謎。
比起英雄英傑有什麼事蹟或是究竟多麼偉大，
更重要的是必須去釐清和父神宙斯有關的人物
到底做了什麼。

……不過這邊有個問題。我之前聽釋天說過，
要讓存在概率達到100%有個絕對條件，
那就是「不論有無神靈，存在都能夠確立」。

咦？那麼半神半人的帕修斯和赫拉克勒斯
不就絕對沒辦法達到100%嗎？

對，所以為了消除這個矛盾，
接下來必須考察記述②——
「現在的半神半人之定義源自於大父神宣言」。

To be continued

——另一方面，當逆廻十六夜等人正在進行考察時。

待在濃密森林深處的春日部耀、仁・拉塞爾和珮絲特終於打倒所有巨人族。

巨人族的屍體迅速化為熔岩回歸大地，看樣子他們果然不是純粹的生命體。

經歷這場激烈的戰鬥後，還氣喘吁吁的耀擦著汗坐了下來。

「總……總算結束了……！」

「因……因為每次火山爆發都會出現援軍……在下次火山爆發之前，我們還是先躲起來吧。」

聽到仁的提議，耀點點頭表示同意。他們已經知道其他參賽者都在等待機會，因此作戰計畫是要在開始總攻擊之前先趕往大陸邊緣。

她拿出因為擔心碰上這種狀況而事先準備的高級備用糧食……煙燻黃金豬肉乾並塞進嘴裡。

「不過我真的很驚訝，沒想到仁變得如此英勇。『No Name』的大家要是見到你應該會嚇一大跳。」

「啊哈哈……嚇到之前可能會先罵我一頓吧？」

仁回想起耀的劈掌攻擊，不由得抱住腦袋。

他的身高和體格都比兩年前成長不少。身高輸給對方的現狀讓耀有點不甘心，不過成長期的少年大概就是這樣。

這時仁的搭檔──「黑死斑神子」珮絲特突然在半空中現身，掩著嘴很不懷好意地笑了。

「那是當然，畢竟仁是在『No Name』即將邁向光明未來時卻突然失蹤的前領導者，以前的老朋友想必都滿腹怒火。」

珮絲特露出帶著挖苦的俏皮笑容。

然而耀卻毫不留情地賞了珮絲特一記劈掌。

「關於這一點，珮絲特妳也是同罪。知不知道莉莉和白雪小姐有多擔心妳？」

「這……這個……」

「我不追究你們為什麼要離開『No Name』。還有『Avatāra』仍然是競爭對手，只是共鬥期間可以維持和平關係……不過，有機會時一定要回來看看。因為在你們兩人的故鄉……『No Name』裡還是有人會擔心你們。」

耀伸出食指，不客氣地指著仁和珮絲特。

兩人並沒有反駁，只是尷尬地搔著後腦。

他們原本以為必須面對更強烈的輕視和憤怒，耀的這番說教肯定出乎兩人的意料。

「Avatāra」這個共同體目前仍舊遭到通緝。

不但拋棄自己原本的共同體還投身那種惡名昭彰的共同體，怎麼看都是對組織的明確背叛行為。

儘管如此，同伴們還是願意繼續關心他們，就跟兩年前一樣。

要是有人對這種狀況還有怨言，最好趁早自行消聲匿跡。

「……是我們不好，但現在還不能回去。」

「我知道，但是待在中立地帶的精靈列車上時，至少可以打個招呼吧？莉莉也很想跟你們見面，所以起碼要跟她好好聊過一次！」

「好……好啦。」

珮絲特沒好氣地把臉轉開。仁在外貌方面的急速發育讓耀嚇了一跳，耀在精神方面的成長也讓珮絲特與仁大吃一驚。

沒想到那個對其他人都興趣缺缺的春日部耀居然會成為出色的領袖，帶領共同體前進。

仁的臉上閃過寂寞的神色，隨即又恢復戰士的表情。

「謝謝妳的關心——可是我們『Avatāra』有自己的目的，就算對手是『No Name』也不能輸。」

「『No Name』也一樣。總之我們先去找個能藏身的地方吧，然後在那裡吃飯順便確認現狀。」

三人在濃密的森林裡前進。

居住在這裡的原生動物被巨人族嚇得不見蹤影。原本應該還有許多幻獸棲息於此地，然而這次出現在亞特蘭提斯大陸上的巨人族卻擁有前所未見的戰鬥能力。

就算是太陽主權的參賽者，也不能掉以輕心。

如果事先沒有盡可能一點點削減對方數量，決戰時恐怕會因此後悔。

「我說，耀……為什麼我們要前往大陸的邊境？」

「因為聽說這片大陸是那傢伙的肉體，我想確認一下頭部在哪裡。」

「而且已經查出心臟的位置了，要說哪裡還可能是敵人的要害，妳不覺得頭部是很有機會的答案嗎？」

「噢，原來如此，所以才要去邊緣確認。」

亞特蘭提斯大陸上開始出現讓人似乎能聽到心臟跳動聲的變化。樹木不斷晃動，隨處都有地面隆起。

在魔王進入戰鬥型態之前，時間想必所剩無幾。

只要找到頭部的位置，就能大致掌握他前進的方向。在戰略層面上，這也是很重要的事前偵察。

「而且……在這次的戰鬥中，我的王牌要在大陸外側使用才比較有效。身為『階層支配者』之一，我不能對危害箱庭的威脅置之不理。」

「哎呀，居然變得這麼認真。這種多管閒事的正義感不該是飛鳥的管轄範圍嗎？」

「沒錯，就是因為不能輸給那麼努力的飛鳥等人，自己也要好好加油。」

聽到耀毫無遲疑的回答，珮絲特只是聳了聳肩。

講到這邊，換成耀有點介意地開口提問。

「我這邊倒是對你們兩個的旅程比較有興趣。看起來仁多了不少同伴，跟我說一下過程吧？」

「關於我們的旅程，我能回答的內容不多。因為那些都是重要的情報，大概只能透露修行時代的事情。」

這兩年以來，「Avatāra」讓許多魔王復活並隸屬於共同體。

雖說目前並沒有出現什麼明顯的損害，但是刻意喚醒沒有復活前兆的魔王並收為己用的行為還是遭人非議。

注意到這一點的耀決定改變話題。

「聊聊修行時代的事情也沒什麼不好，我自己也跟著迦陵小姐修行很久。」

「妳說的迦陵……是指鵬魔王嗎？妳曾經跟著那個金翅鳥修行？真沒想到那麼討厭人類的她會願意幫忙。」

箱庭的北區是魑魅魍魎跋扈橫行的大地。

講到北區的上層，更是大妖盤據無一例外，即使稱之為名副其實的魔境也不算誇大。

「混天大聖」鵬魔王在其中是備受尊敬的存在，這樣的她居然願意陪人類修行，恐怕還是頭一遭的事情。

「迦陵小姐經常遭到誤解，不過她其實是很會照顧人的溫柔傲嬌。所以你們兩個是去了哪裡修行？」

「嗚……這也不能透露詳情……」

「稍微講一點沒關係吧，反正不久之後還是會曝光。」

珮絲特的推波助瀾讓仁嘆了口氣。

這時他發現一個適合用來休息的洞穴，於是指著洞穴說道：

「好吧，剛好也到了吃晚飯的時間。為了慶祝彼此再會，我就稍微提一下吧。」

仁．拉塞爾從恩賜卡中拿出野營用的食材。

三人決定在此短暫休息。

＊

——然而不消一刻，他們就後悔做出這個決定。

「珮絲特，再來一碗！」

「已經沒有了！這個笨蛋！居然一個晚上就吃光三天分的食物，妳該不會是腦袋變傻了吧，現任的首領大人！」

啪！珮絲特用湯勺攻擊耀的腦袋。

三人才開心談論往事沒多久，耀就靠著「慢慢掃平大量食物」的新招式把仁．拉塞爾提供的存糧一掃而空。

仁喝著水壺裡的水，臉上是悔恨的神色。

「嗚……不愧是耀小姐……居然使出表面上像是要加深交情的斷糧戰術，果然不簡單。」

「你這個笨蛋主人別講得好像是什麼嚴肅的場面！」

「耶嘿。」

「還有妳這個笨蛋首領也不准露出自認作戰成功的表情！」

啪！珮絲特以大約三倍的威力連連吐嘈。

他們這兩年的旅程似乎非常嚴苛，讓現在的珮絲特能夠一個人負責吐嘈所有人。照這種表現，想來也不比黑兔遜色。

仁摸著頭上的腫包，臉上浮現苦笑。

「抱歉，珮絲特。看來我比自己以為的還放鬆。」

「可是珮絲特也有錯。妳的廚藝真的進步很多，所以我才會吃不停。」

看到耀笑容滿面地誇獎自己，珮絲特沒好氣地把臉轉開。

「……哼，不過是粗茶淡飯，畢竟我只有野外求生料理特別進步。」

「所以再來一碗。」

「我不是說過已經沒了嗎！」

珮絲特氣得拿起湯勺狂打一陣。

無可奈何之下，耀只能拿出煙燻肉乾塞進嘴裡，接著進入正題。

「那麼我再問一次……仁是在哪裡修行？」

「這次算是特別透露給耀小姐知道，還請妳幫我保密……我在這兩年裡，找了成為人類六大文明守護者的六位神靈的其中兩位，接受對方的啟蒙教育。」

這句話讓耀差點把嘴裡的肉乾吐出來。

「你……你說的人類六大文明，是**那個**六大文明？包括美索不達米亞文明、埃及文明、印度河流域文明、中華文明、安地斯文明和中部美洲文明的六大文明？」

「是的，就是那個六大文明。那是史前時代以降的最古老『歷史轉換期（Paradigm Shift）』，也是在測量原生人類的存在概率時會被指定為大前提的基礎。讓其中的代表者兼守護者的人物成為『Avatāra』的出資者，或許可以說是我們努力這兩年的成果。」

仁講得輕描淡寫，實際上卻不是如此簡單的事情。

所謂的六大文明，是指那些在人類文明的黎明期就開始擁有高度文明的時代。

國家與都市的形成，人口的爆發性增加，文字這種概念的誕生……除了這些，六大文明也是人類對神明產生信仰心的起始時代。

文字尚未出現的史前時代是星靈與龍種擁有較強的影響力，然而六大文明誕生後，帶動了起因於神靈干涉或祖靈崇拜的人類神靈化。

每一位六大文明的守護者都在三位數建立根據地，無一例外。

成為守護者的條件每個文明各有不同，其中有最強種的天生神靈，也有靠著祖靈崇拜而化為神靈的英傑。

由複數的神群、國家群所形成的聯盟型共同體。

這就是被稱為人類六大文明的組織。

其中埃及文明的法老王們擁有虔誠的太陽信仰，甚至在這次的主權戰爭裡還被視為奪冠的熱門人選。

目前仍舊保持靜觀態勢的法老王們讓人百思不解，不過也很可能是派出了代理人。

「難……難道……你們『Avatāra』的出資者是埃及文明的守護者？」

「不是的不是的！我們的出資者是別人！」

仁急忙否認。根據他的反應，想來不是謊話。

畢竟法老王那種偉大的國王們要是真的派出代理人，倒也是一件怪事。

如果要從太陽信仰根深蒂固的埃及文明選出參賽者，照理說應該任憑取捨。相關人才的堅強陣容也不是其他共同體可以望其項背。

他們必定會挑選最夠格參加這場重頭戲的人選來投入競爭。

「也就是說，你們的靠山是其他文明……可是還是很厲害。既然拉攏了六大文明的代表者，等於是讓對方連綿不斷的歷史本身也成為同一陣線。」

「不，實際上也沒那麼好。對方答應成為出資者的條件是要我和殿下跟著他們修行……嗯，那真的非常辛苦。」

仁．拉塞爾的眼神飄向遠方。修行的日子似乎艱辛到讓他不由得精神有點渙散，成果卻是極為豐碩。

跟隨他的同伴都是些名聲響亮的精靈和惡魔，甚至還有幼小的神靈。

以前的仁經常因為自身的無力而意氣消沉。

他必定是以小時候的屈辱作為動力，持續奮鬥至今。看到仁為了變強不惜賭上性命的模樣，耀不由得好奇他究竟獲得了多少力量與同伴。

「真是意外……其實我也透過『階層支配者』的管道，去見了和六大文明有關的神靈。」

「咦……咦咦！靠著關係就見到那些人了嗎？那可是三位數的階層啊！」

「不愧是『階層支配者』，跟通緝犯受到的待遇就是不一樣。」

仁大受打擊，珮絲特還趁機挖苦他。

看來別說修行，光是為了見到那些代表者就讓他們費了許多工夫。仁想必有什麼話想說，然而是他自己擅自離開「No Name」，當然沒有資格抱怨。

耀有點不太高興。

「話先說在前頭，我成為『階層支配者』後吃了很多苦頭。當上『階層支配者』的好處只有餐點的等級變高，還有和著名共同體的幻獸與神獸交朋友的機會變多了而已。實際上才敲三下腦袋根本不足以讓我原諒你。」

「非……非常抱歉。」

「順便問一下，妳見到了哪位守護者？中華？安地斯？」

「這是祕密……對了，似乎都沒看到中華文明的參賽者，中公豹是你們的同伴吧？」

「是的，中華文明和仙道派旗下都有不比他人遜色的強大參賽者，我認為他們很可能已經偷偷潛入主權戰爭。我的老師事前也囑咐過……

『萬一三皇五帝中的哪個人出現，記得叫我過去。你不是那些傢伙的對手』。」

「哦……既然這麼關心你，感覺是一位好老師。」

聽到耀的感想，仁換上很奇妙的表情。

突然出現的奇妙表情讓耀差點笑了出來，光憑這一點就能看出仁和他老師之間的關係。

看樣子他們很難算是一對感情融洽的師徒。

繼續追究這個話題大概只會讓仁更加為難。

珮絲特不著痕跡地伸出援手。

「把這麼重要的情報告訴我們真的不要緊嗎？考慮到『生命目錄（Genom Tree）』的能力，這些事情和妳的王牌有關吧？」

「不要緊，我反而比較希望你們心裡先有個底。反正根據今後的戰況，那只是遲早會曝光的王牌。」

換句話說，耀在這次的戰鬥中並不打算保留實力。畢竟她被交付了「階層支配者」的職責，對這次的事態不能視而不見。

拿出地圖的耀指著目前的所在地。

「魔王堤豐的心臟是礦山。我們必須先做好最壞的打算，那就是開戰後有可能會和十六夜他們分開。」

「……沒錯，我認為乾脆先假設彼此無法會合或許比較好。」

「萬一真的要和大陸本身戰鬥，我打算使用王牌。或者該說……等事情到了那種地步，所有參賽者中大概只剩下我能夠對抗敵人。」

這段宣言讓兩人吃了一驚。

和大陸戰鬥等於是要面對魔王堤豐的本體。

雖說封印尚未完全解開，敵人依然強大。難道耀的王牌具備足以抵禦魔王的力量？

「既然『模擬創星圖』在化身那邊，本體這邊就沒有遭受攻擊的危險。那樣的話，我的力量應該足以和魔王戰鬥。」

「……我明白了，我相信耀小姐。」

「我們要做什麼？」

「請你們提供支援。其實這個王牌有相當高的風險，如果我無法繼續戰鬥，麻煩你們來帶我走。這種事情應該可以拜託你們吧？」

「樂意之至。在戰鬥結束前，我們會全力保護耀小姐。」

「好！」耀充滿幹勁地站了起來。不能一直休息下去，畢竟無法預測何時會正式開戰，最好先盡可能占領比較有利的位置。

接下來只要做好隨時能迎接戰鬥的準備——

「……是說首領大人。」

「嗯？」

「要尋找陣地是很好，但是還不確定戰鬥什麼時候會開始吧？」

「嗯，只能看狀況會如何演變。」

「最壞的情況下，可能要繼續等待兩三天吧？這段期間妳打算吃什麼？」

耀倒抽一口氣，把肉乾吞了下去。這是最後的備用糧食。

她雖然立刻看向仁，仁只是默默地上下搖晃裡面空無一物的水壺。

掌握事態後，耀的臉色越發蒼白。

「糟……糟了……！要是沒有每天好好吃飯，我就無法全力戰鬥……！」

「哎呀，原本以為妳當上首領後變可靠了，結果草率行事的地方依然沒有改進。明明食糧管理是最重要的事情。」

「啊哈哈……別擔心，我也累積了很多野外求生的經驗。不光是知道該如何分辨能吃的野草跟不能吃的野草，製作狩獵用陷阱也成了現在的專長。所以請不要那麼在意。」

仁搔著臉頰露出苦笑。說不定修行的項目裡也包括野外求生，他的眼神有點飄向遠方。

耀垂頭喪氣地開始往前走，必須分心煩惱食物問題會影響到戰鬥的士氣。

一旦對這方面感到不安，空腹感也同時襲擊而來。

她忍不住重重嘆了一口氣，心想這恐怕會是一場艱苦的戰鬥。

希臘古老傳說故事❷

（……？剛剛好像在哪裡聽到
春日部小姐的嘆氣聲……？）

別發呆啊，大小姐。
差不多要開始下一段考察了。

啊，不好意思……可以開始了。

好。
關於半神半人的定義——
當然是指神靈和人類之間誕生的高位生命。
不過我以前在「Underwood」的收穫祭上，
曾經聽嘎羅羅大叔聊到「比較特殊的誕生」。
當時主要是在討論大小姐妳的事情。

我？

因為主人的出身
有些特別。

我當時聽說的內容是這樣：
「如果生不出小孩的夫婦請地母神賜予子嗣，
那孩子的系統就會由父親、母親、地母神三方所構成」。
我認為這就代表——「即使不具備神靈的血統，
但是只要祈願被神接受，就能夠成為半神半人」。
實際上如何呢，阿爾瑪特亞？

是的。主人的出身雖然牽扯到有點特殊的狀況，
還是屬於同一種分類。我想可能是在持續誕生出
「神人混血」的過程中遇上了某種契機，
因此喚醒了神靈的力量。

（……？那個那個，小彩。飛鳥小姐是不是擁有什麼很厲害的血統？）

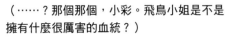

（呃……窩是外國人，所以也噗清楚。）

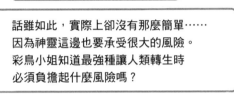

話雖如此，實際上卻沒有那麼簡單……
因為神靈這邊也要承受很大的風險。
彩鳥小姐知道最強種讓人類轉生時
必須負擔起什麼風險嗎？

是的，我聽老師說過……風險就是
「讓人類轉生時必須削減神靈的靈格」。

沒錯，所以既然要把生命賜給等同於
自己分身的半神半人，也會面對同樣的風險。
畢竟誕育半神半人的行為就代表
必須將一部分的靈格讓渡給對方。

……咦？那擁有很多小孩的神明
不就慘了？會失去很多靈格吧？
例如希臘的神明是不是就跟人類
生下了很多小孩？

？不能有很多小孩嗎？
會被丟進海裡嗎？

不……不是那樣，
意思是媽媽會很辛苦。

嘻嘻……好了，這下出現了新的疑問。
「為什麼宙斯不惜削減自身的靈格，
也要繼續製造出和人類的混血兒呢？」
有沒有人知道這個問題的答案？

可別小看我，這點小事我當然知道。其他人記得
在第二次「星神戰爭（Gigantomakhia）」
登場的巨人族擁有什麼能力嗎？

讓諸神的權能無效化的能力……啊，是這樣！
因為眾神本身沒辦法打贏巨人族，
所以想靠著製造出神人混血來對抗敵人嗎？

就是那樣，而且在「星神戰爭」中最為活躍的
最強半神半人……正是大英雄赫拉克勒斯。

雖說「十誡考驗」最為有名，但是認定殲滅
第二次「星神戰爭」的巨人族是他的最大功績，
倒也算不誇大。畢竟赫拉克勒斯確實是
第二次「星神戰爭」中引領眾神邁向勝利的當事者。

難道……「為了打贏戰爭而持續製造出
半神半人的英雄」就是大父神宣言的真相？

咦咦咦咦！如果真是那樣，宙斯根本是個爛爸爸嘛！
居然為了戰爭生小孩，鈴華小姐我不能接受！

雖然那是事實，卻不代表所有真相。我只能說
那不過是其中一個側面，也是一個碎片（parts）。
畢竟在第二次「星神戰爭」中，確實存在著
「為了打贏戰爭而生下半神半人的英雄」
這樣的事實。

咦咦咦咦……！那樣真的沒問題嗎……！
我還以為神應該是對於得不到愛的小孩
也會賜與愛情的存在……！

……鈴華小姐真是善良。
不過關於這件事還是只有參與過
第二次「星神戰爭」的人才清楚內情，
介意的話或許可以去問問赫拉克勒斯本人。

我想所有人都明白大致上的過程了，但那些都是關於
第二次「星神戰爭」的事情。重點是對抗魔王堤豐的
第三次「星神戰爭」。如果只靠生下赫拉克勒斯就能解決，
「大父神宣言」在第二次戰爭時已經完成任務。
由此可見「大父神宣言」還隱藏著更進一步的謎團。

原……原來如此……

而且我這邊一直很在意一件事情。
講到宙斯的第一子，應該還有其他可能人選……
對吧，阿斯特里歐斯？

……嗯，我的父親米諾斯王
據說也是宙斯的兒子。

那……那是真的嗎？

沒錯。雖然和帕修斯差不多同時期，但是講到第一子，
米諾斯王應該更早出生。結果米諾斯王卻遭到排除，
我推測這是因為米諾斯王是出身和其他兩人不同的例外。
米諾斯王恐怕擁有「是宙斯的孩子也非宙斯的孩子」
這樣的特殊出身。把這些要素全部解決之後，
想必就能接觸到「大父神宣言」裡隱藏的謎題。
……我們先休息一下，接著進入最終考察。

To be continued

幕間

眼前……是萬里無雲的廣闊晴空。

（……是嗎，我輸了嗎？）

全身都灼傷潰爛的「蓋亞么子」——魔王堤豐往下墜落。

燒燬他全身的神雷轟然迴響，彷彿要擊碎世界之壁；即使是被託付了王冠的最強肉體，仍舊被逼往位於行星中樞的小宇宙。

無論是自認能夠燃盡世間一切的激憤情緒還是憐惜母親的悲哀感情，都獲得這道神雷的接納與包容。

魔王堤豐在往下墜落的途中，看見宿敵在光芒另一側拚命大叫的身影。

刺眼雷光導致他無法確認對方臉上的表情，這一點倒是讓人心有不甘。堤豐其實心裡很是好奇，想知道那個自視風流倜儻的花花公子究竟有何臉面才敢說出那樣的話。

然而這個願望無法實現。

不斷往下墜落的身體進入大氣圈，穿過雲層，朝著火山口垂直落下。比大陸更為巨大的肉

體化為發光粒子，逐漸被吸入火山口之中。

大父神宣言——並非僅限於希臘神話，而是所有人類與神靈的新約定。這份力量對過去、現在、未來都展現了無限的光明與可能性，也促使主神宙斯成為最強神靈之一。最後，基於人類、星辰以及神靈之間所定下的新協定，初始的大戰爭「星神戰爭」終於劃下句點。

（如果……要說還有什麼遺憾……就是直到最後的最後，也沒能擦去母親的眼淚。）

在戰爭的終點，大地母神蓋亞的結局是一場無法以筆墨形容的悲劇。

充滿憎恨的戰禍恐怕會跨越神話，超出世界，和那些淚水一起化為更加猛烈的火焰，繼續往外延燒。

實際上，這次的「星神戰爭」確實成為開端，後來的箱庭爆發了五次神話戰爭。

由於身為大地母神兼藍星之半星靈的蓋亞遭到討伐，擔任物質界楔釘的半星靈們一起展開行動。

地母神之間的關係類似跳脫神話範圍的姊妹，其中之一的蓋亞遇害，其他人當然無法保持沉默。

對於不同神話的諸神願意為了母親的遺憾而奮起，堤豐甚至不知道該如何表示感謝。

「星神戰爭」成為向所有修羅神佛質問「未來願景」的結果。

或許正是因為經歷過這段時期的衝突，才能養成箱庭現今能夠接納不同種族共同生存的價值觀。

如果真是那樣，這些犧牲許多鮮血的戰爭也絕非徒勞。
堤豐苦苦等待總有一天將會來臨的承諾之時——並決定先待在冥府的深處沉睡。

＊

（——……我睡著了嗎……）
坐在王座上的堤豐緩緩睜開眼睛。
為了確定四肢的感覺，他用力動了動手指。
被極相星劍砍中時感覺相當危急，不過看樣子最後還是驚險逃過一難，成功保住了這個軀殼。
然而堤豐才剛清醒，立刻劇烈地咳了一陣。
感覺到嘴裡帶有血腥味後，他憤憤地咬了咬牙。
（可惡的土八該隱，居然提供假情報……害我差點被強制和化身分離。）
分離傳說之劍——能夠切割「人」與「神」，並把世界劈成兩半的星劍。一旦被這把具備「星之觀點」的星劍砍中，用來束縛傳說的歷史連結就會隨之遭到切斷，導致構成靈格的肉體與靈魂彼此分離。
對於「化身」這類以人類作為附身對象的存在來說，稱之為最惡劣的武器也不為過。

（……不，凡事都要看自己怎麼想。只要換個使用方法，這把劍或許能拯救我的化身。畢竟我這化身已經心如死灰，顯然需要這種程度的刺激來作為治療。）

堤豐緩緩舉起右手放在心臟上。正常來說，只要他向共有肉體的化身搭話，應該隨時都能傳達給對方。

然而無論堤豐開口多少次，還是不曾獲得回應。

就算彼此共用同一個肉體，依然無法與已經心死的人物對話。

堤豐重重地嘆了一口氣，靠在王座的椅背上搖了搖頭。

（果然沒有回應，這也難怪……才剛下定決心要彌補以怪物身分度過的時日，結果卻碰上那種事件。又有誰能夠責備因此選擇忘記一切並躲入內心黑暗深處的行為？）

他抬起頭瞪著箱庭的帷幕。

王座後方是巨大的結晶體與纏繞住結晶體的大樹樹根。

敗戰之際，堤豐的屍體回歸大地，血管裡的奔騰血流化作結晶體四下飛散。

這棵大樹就是當時的「星辰果實」。

被種下「星辰果實」的魔王堤豐失去母親蓋亞的權能，導致他大幅弱化。必須除去這棵大樹，否則無法達成真正的復活。

目前堤豐是靠著自稱土八該隱的研究者所製造的共鳴型B.D.A才能暫時使用原本的力量，實力卻遠遠不及他的全盛時期。

即使位居兩位數，要靠著人類肉體向箱庭宣戰也只能說是有勇無謀。更何況現今和黎明期不同，會受到各式各樣的制約所限制。

眾神也立下了誓約，彼此的鬥爭必須等到拯救外界之後再行分出高下。所以打破這條禁令的行為，等於同時與神話中的所有右翼左翼為敵。

不辨善惡，不分愛憎，全都平等地與之為敵。

這就是所謂的「世界之敵」。

堤豐早已不介意自己被如此認定。

「與過去肉體的連接也終於來到能夠戰鬥的階段，那些自作聰明的參賽者似乎都保住了一條小命……嗯？」

坐在王座上的堤豐挑了挑眉。

他把視線轉向昏暗的迴廊。

「維達，你在那裡吧？無須隱藏，何不直接現身？」

戴上面具的「蓋亞么子」瞪著破碎柱子的陰影處如此說道。一陣涼爽的晚風吹過，感覺不到其他人在場的動靜。

但是堤豐的雙眼並沒有因此動搖，他繼續看著前方。

不久之後，柱子後方走出一個人影。

「……抱歉，我沒有惡意。我明白自己是多管閒事，但還是覺得正在休息的你或許需要護衛，所以留在這裡待機。」

「是嗎，看來讓你費心了。」

堤豐側身靠在王座的扶手上，露出豪爽的笑容。

從柱子後方出現的人物──一名外表中性到像是男性也可說是女性的青年把手背在身後，臉上帶著有點過意不去的表情。

他的雙眼銳利如冰，但是透出的情感並非虛假。

帶著憂愁神色的側臉確實可以形容為玉貌花容。

「看到你掙扎回來時真的讓我大吃一驚。原本我以為就算對手是赫拉克勒斯，也不可能打倒啟動了B.D.A的你。」

「由此可知極相星劍是極大的威脅。以完全型態顯現的Astra是王冠種的天敵，要不是使用者還不成熟，那一劍恐怕已經將我擊倒。」

堤豐握緊拳頭像是滿心遺憾。

他距離徹底康復還很遙遠，也需要再過不少時日才能全力戰鬥。

但是那種奇襲不會再次成功。

憑使用者的那點劍技，完全不可能砍中堤豐。

「要以現在的狀態去對付赫拉克勒斯有些吃力，看來那傢伙只能麻煩你去處理。」

「那樣反而正合我意。那傢伙居然無視我而自稱歐洲最強，著實令人不快。我一直認為他是自己必須親手擊敗一次的對手。」

「哼哼，這話聽起來真是可靠。要是你能打倒赫拉克勒斯，令尊想必也會引以為傲。去充分發揮自己的力量吧。」

堤豐回以強悍的笑容。

然而維達的表情卻一整個黯淡下來，而且還搖了搖頭。

「無論我立下何種武勳，我的父親……奧丁他想必都興趣缺缺。我充其量只是備用品，一個以世界滅亡為前提所創造的靈格。如果不是這樣的特殊狀況，我大概也不會被喚醒。」

即使語調平淡，卻也足以讓人感受到維達內心的寂寞。

他被賦予了在諸神黃昏(Ragnarök)結束後建立新時代的使命，因此必須到了世界大限將近之時才總算能夠獲得確切的靈格。

所謂的「世界毀滅後才會出現」，就代表維達是一個絕對不可能拯救世界的英傑。

這樣的存在究竟有何價值？

就算是無名的英傑，至少也曾經幫助過某個對象。

但是無論如何誇耀自身的武勇，缺少功績的英傑依然跟紙老虎沒有兩樣。

是一種絕對不該被任何人認可——當然更不該被北歐主神奧丁認可的存在。

「……哼，那傢伙在眾神之中也屬於聰明的一群。至少他對箱庭現狀的不滿與我的憤怒彼此相符，實在很難相信奧丁把靈格分給你時不帶任何考量。」

「這可不一定。父親雖然偉大又睿智，卻也是無人可及的怪神。如果理由只是一時興起創造出來卻又發現沒地方放，老實說我也不會感到驚訝。」

「——……是嗎？」

比先前更加沉重的回答讓堤豐決定閉上自己的嘴。

即使繼續這個話題，也無法治癒維達的心理創傷。

堤豐現在能做的事情，只剩下阻止其他人去介入維達和赫拉克勒斯的戰鬥。

「話說回來，另一個男人在哪裡？」

「他和那個星靈一起在外面警戒，畢竟這五天以來發生過數次衝突。」

「嗯……所以那傢伙有好好戰鬥嗎？他本來是對方的人吧？」

「這個嘛……至少以我看來，那個人並沒有故意放水。」

「這是當然，盧盧不是那種人。」

這時，突然有一個來自年幼少女的聲音介入兩人的對話。

聲音的主人從已經損毀的王座廳窗戶跳進室內，手扠著腰面無表情地挺起胸膛。

「你終於醒了嗎，貪睡蟲么子？居然讓阿爾我等了整整五天，真是罪該萬死。阿爾我要苦勸一句，蓋亞的家教真是失敗。」

「哎呀這是……偉大的星靈阿爾格爾。此事是我不夠周到，對母親的舊識有所怠慢也會敗壞星獸的名聲，在此致上最深的歉意。」

「好，原諒你。阿爾我是心胸寬大的美少女，所以可以特別寬恕你。」

年幼少女一臉得意地甩著從灰色變幻成琉璃色的長髮。

如果不是錯覺，她的頭髮散發出各式各樣的光波，顯得絢麗璀璨。第一次目睹這種景象的人肯定都會為此讚嘆。

她半睜著眼，臉上是符合年齡卻又洋洋得意的表情，美麗的外貌混合了少女特有的可愛感，更凸顯出她的魅力。

堤豐笑著看向這樣的少女。

「哼哼……真沒想到身為暴虐的星靈並受到眾人畏懼的妳竟然有一天會服從人類，時代的轉變總是如此出人意料。」

「那是阿爾我想講的話，代表希臘的三個怪物——

魔王『堤豐』、

星靈『阿爾格爾』、

怪牛『彌諾陶洛斯』。

——居然全都湊在一起加入北歐的『Yggdrasill』，讓人覺得就算是亂開玩笑好像也不該如此超過。而且奧林帕斯的那些蠢貨絕對也會因為這件事而驚訝到下巴都掉了。」

「一想到就覺得好笑……」阿爾格爾掩著嘴嘻嘻笑了。

維達有點驚訝地看向堤豐。

「……？這是怎麼回事，堤豐？我不知道『彌諾陶洛斯』也成了『Yggdrasill』的一員。」

維達這個戰士是純粹的北歐出身——至少維達本人從他父親奧丁那邊聽來的說法是如此。還年輕的他擁有深淵的睿智與絕大的力量，但是另一方面，也有不知世事的缺點。

想必是因為這樣，他尚未察覺魔王堤豐與怪牛彌諾陶洛斯之間的關聯。不過身為當事人的堤豐只是不自然地轉開視線，並沒有開口解釋。

發現氣氛有點尷尬的阿爾格爾刻意來到維達面前，彷彿有意轉移話題。

「嗯嗯？你是在宣傳自己的眼睛和廢物屬性嗎，小鬼？是在對身為大家偶像的阿爾我下戰書嗎？」

「啊……不……不……我不是那個意思……」

「……嗯？是說你這傢伙的**身體是怎麼一回事**？是男？是女？該不會是男也是女？這樣是一舉兩得一箭雙鵰嗎？要打架的話放馬過來喔？」

阿爾格爾擺出拳擊的動作。

維達困擾地看向旁邊。

堤豐忍不住開口勸阻阿爾格爾。

「星靈阿爾格爾，請不要對他過於苛責。此人實際上比外表更年輕，恐怕沒有心力因應妳的玩笑。」

「嗯？比外表更年輕是怎樣？不光是眼睛和廢物屬性，還想占走年紀最小的屬性嗎？」

「所……所以我沒有那個意思……」

「而且除了謙虛，還透出很命苦的感覺……這可不行，就算是寬大的阿爾我也不接受一個人身上塞了這麼多屬性。箱庭三大問題兒童隨時擁有能破壞正經要素的恩惠，阿爾我也樂意幫助你減少屬性。如果有事想找人商量，不要怕，試著乖乖說出來也行喔？Come on baby！」

阿爾格爾用雙手做出歡迎的手勢。

遭受一連串挑釁攻擊的維達頭上冒出大量問號。

簡而言之，阿爾格爾的意思其實是「你看起來很不幸，大姊姊可以幫忙想辦法」。然而維達並不習慣如此隨興輕率的作風，從頭到尾都是一臉困惑。

堤豐忍著笑意，再度出面制止。

「偉大的星靈阿爾格爾，刻意裝出輕佻的態度或許沒什麼不好，但是這種做法有可能導致某些人變得更加強硬。在歡迎對方訴苦之前，要不要先試著加深彼此友誼？」

「唔……沒想到么子可以說出這麼有內涵的建議。好吧，下次再教訓他。因為阿爾我是超級大美女！」

阿爾格爾一臉得意地撥了撥頭髮。

堤豐看著阿爾格爾的樣子，眼裡是懷念的神色。

維達露出有點意外的表情。

雖說維達認識堤豐的日子不長，卻是第一次看到這樣的笑容。

他充滿厭世感彷彿要咒殺世上一切才肯罷休的凌厲眼神讓人印象深刻，現在則是展現出比較社交的態度。

「那麼么子，接下來你打算怎麼做？」

「本想讓身體再多休息一下，不過已經讓那些傢伙逍遙了五天，軍備差不多也該準備齊全了吧。」

「嗯嗯。可是我們大可以丟下那些參賽者，直接把事情鬧大吧？畢竟對我們來說，主權戰爭只不過是個開端而已。」

「不能那樣做。亞特蘭提斯大陸面對外敵時宛如銅牆鐵壁，碰上內部的害群之馬卻沒有那麼高的防禦能力。所以即使和箱庭開戰，在其他殺人種尚未集結前，我還是會先堅持防衛戰。」

單憑激情就濫用力量只會落得敗戰下場。

一旦在箱庭發動戰爭，比起主權戰爭的參賽者，出資者才是更棘手的問題。女王——「萬聖節女王」等強大的出資者們想必不會保持沉默。

阿爾格爾點頭表示同意，接著心不甘情不願地亂揮著手腳。

「所以現在不能殺死參賽者嗎……要是阿爾我的星權能夠齊聚，就能用石化光線把他們一網打盡，有夠不甘心。」

「因為妳目前的立場再怎麼說都是那男人的使魔，也不能勞煩妳做那麼多。況且不管怎麼樣，既然無法避免正面衝突，就在我的亞特蘭提斯大陸甦醒前陪那些參賽者玩玩……嗚……！」

講到一半，提豐突然咳了起來。

看到他咳出血來，維達和阿爾格爾都臉色大變。

「你……你還好嗎！」

「別硬撐了，么子。萬一你有個三長兩短，咱們的出資者會傷心的。」

「……沒問題。要是這點困難就能讓我挫折，我從一開始就不會挑起這樣的戰爭。達成目的之前，我絕對不會停下。」

提豐擦去嘴角的鮮血。

他可以感覺到心臟加速跳動，如同激流的血液在體內循環。

看樣子極限比原本預估的時間更早到來。

（可惡的極相星劍……！我必定要親手制裁那個女人，這件事情才算了結……！）

這副肉體的死亡等於化身的死亡。如果靈格剝離成為化身的死因，必定會讓提豐感到後悔莫及。

（不能輸……我不會輸。就算是為了拯救自己的悲哀化身，我也絕對不會停下。）

提豐齜牙咧嘴，身體因為憤怒而顫抖。這股怒火正是現在驅使他繼續前進的衝動，就像過去在「星神戰爭」中奮起時也是一樣。

為了珍視的對象而湧上的義憤情緒點燃了他的內心。
無論敵人多麼強大，都會帶給他不屈的力量。
「……我不要緊。一定要以這個亞特蘭提斯大陸的真正面貌去迎擊那些傢伙，否則我吞不下這口氣。」
堤豐拿起結晶體刺向王座。於是整個要塞開始震動，大陸的脈動也越發強烈。
外面的巨人族們一起高聲吶喊，表現出歡喜的情緒。
就連位於大陸要衝但遭到放置的都市遺跡正下方，也有巨人族以外且前所未見的生命體開始蠢動。
然而堤豐胸口的痛楚也隨之加強，他吐出更多的鮮血。
阿爾格爾換上嚴厲的眼神。
「么子，凡事都該懂得節制，快想想你真正的目的。關於亞特蘭提斯大陸的復活，充其量只是為了取得戰爭中的有用兵器而已。還是說你真的忘記自己為什麼要發起戰爭？」
「——……」
「你的最終目標應該是要管束箱庭的諸神，實現蓋亞的真正目的；另外還要拯救被你借用了肉體的化身……不是那樣嗎？」
阿爾格爾一改先前的態度，表情也非常認真。
遭到斥責的堤豐並沒有發怒而是陷入沉默，可以證明他剛剛對阿爾格爾的敬意並非謊言。

「你稍微休息一下，開戰時間訂於半天後的晚上。這是阿爾我做出的決定，所以不准有異議。要是有誰敢多囉唆，準備吃阿爾我一拳。」

「……哼哼，還是如此不可一世。」

堤豐把身體倒向王座的椅背。

位於王座後方的大結晶是他過去的心臟，只是堤豐從未想到自己有一天會借用人類的身體來旁觀這個景象。

「……維達，我的肉體過去曾經孕育出許多文明。」

「是的，我聽說過。」

「由於把萬物之靈的寶座讓給了人類，我本身和把我視為神明崇敬的人民都脫離了箱庭的匯聚點……但是我們自認曾經建構出非常幸福的文明，也依然引以自豪。畢竟並不是只有被箱庭觀測到才等於全世界。」

箱庭作為第三點觀測宇宙，擁有能夠同時觀測所有世界的力量。

因此原本沒有必要製造出匯聚點。

後來是因為所有時間線都會走向人類滅亡的結局，再加上必須達成在時限到來前先促使人類成長的課題，製造匯聚點才成為必要之務。

至於脫離匯聚點的世界雖然會度過截然不同的歷程，最後卻註定……還是會因為星之大動脈的崩壞，超普林尼式（Ultra Volcano）火山噴發而滅亡。

「我之所以回應母親蓋亞的號召……全是基於自身的任性。但是與我一起奮戰的同伴們卻因為我的任性而失去了生命。」

「──……」

「維達，你是被託付了『人類下一個世代』的王冠之一。正常來說，你沒有必要參與這場戰爭。既然你肩負大任，必須讓已化為死星的我等母親得以再生，自然該好好珍惜自己的身子──如果你想抽身，現在正是時機。」

感受到堤豐寄託在話語裡的關切之情，維達不由得大吃一驚。

同時他終於明白。

縱使堤豐對人類和諸神都滿懷憤怒，卻不是冷血無情的怪物。他反而是因為過於注重感情才會被稱為怪物的人物之一。

「哈哈……請你不必在意，我是遵從父親的命令才會來到此地。要是沒立下任何武勳就臨陣脫逃，恐怕真的會遭到父親厭棄。所以就算你不願意，我還是會跟隨到底。」

「……是嗎，那我也不會再多說什麼。先來養精蓄銳一番吧。」

堤豐閉上眼睛，落入深沉的夢鄉。

他同時在內心起誓，下次自己醒來之時──必定會成為亞特蘭提斯大陸迎接最後決戰的時刻。

希臘古老傳說故事③
現在開始「大父神宣言」的最終考察……所有人都準備好了嗎？
當然。
首先是關於之前提到的兩個記述。
記述①「定義帕修斯為父神宙斯的第一子，作為大父神宣言的前提」。
記述③「在前提條件下，赫拉克勒斯的存在概率是100%」。
所以推測①：根據上述兩項的狀況，帕修斯的存在概率應該也是100%。
但是正如焰之前的推論，神靈的存在概率最大也只有50%。因為既然「神靈存在的世界」和「神靈不存在的世界」這兩種狀況都實際並立，神靈的存在概率就不可能超過50%，神之子的存在概率在合計後頂多也只有75%。所以如果要讓帕修斯的存在概率達到100%，有一個無論如何都必須克服的難題。
難題……到底是什麼呢？
必須證明「無論神靈是否存在，宙斯的存在概率都是100%」。
咦……咦咦？這種事情有可能辦到嗎？等於是必須證明並不存在的東西其實存在吧？
沒錯。讓這個難題得以解開的答案就是「大父神宣言」——以及達那厄身為母親的愛情。

……關鍵不在於帕修斯本身，而是和他母親達那厄的愛情有關嗎？
沒錯。你們都好好回想一下，在達那厄的故事中，包含了「神話上的事實」與「史實上的矛盾」這兩點。大小姐，妳回答一下。
呃……國王的女兒達那厄在完全封鎖的密室裡與宙斯相會，後來懷孕生子。這就是神話上的事實吧？
那麼我問妳，在神靈不存在的世界裡，被關進「完全隔離的青銅房間」之後，達那厄要如何懷上帕修斯？
…………？
……啊……！
那個……該不會……國王的女兒達那厄之所以被關起來…其實就是……因為那樣嗎？
如果要得出符合傳說的解釋，也沒有其他更合理的結論了。
………？你們兩位可以講個讓我也能理解的說明嗎？鈴華小姐懂了嗎？
嗚耶！鈴……鈴華小姐我有點不好意思直接公開說明這個考察的內容，畢竟我也是個少女，多少有點尷尬……！

請不必介意，我的主人今年已經十八歲了，
直接打開天窗說亮話也沒有問題。

那我就不客氣了。
假設公主達那厄正如記載，被關進「完全隔離的青銅房間」。
當然，那是人類無法進出房間的狀況，
主神宙斯也並不存在，但是她卻懷孕了。
如此一來，可能的答案只有一個——
達那厄在被隔離之前就已經懷上帕修斯。

而……而且那一定不是正當的關係。
男方可能是阿克里西俄斯王無法接受
或對他無益的人物，小孩則是私生子……
甚至……說不定是被政敵施暴後不幸懷孕……

什麼……！

如果是政敵的小孩，還可以解釋「將來會殺害國王」
這條預言。所以國王的女兒達那厄是在受到玷汙後，
為了洗刷她可能懷上政敵小孩的嫌疑，
才會被關進「完全隔離的青銅房間」裡。
這個推論可以讓一切都獲得合理解答。

怎……怎麼那樣……！

達那厄面對自己逐漸隆起的腹部和裡面的孩子，
想必過著快要被不安壓垮的生活。孩子一出生就是死罪，
生下小孩的自己也不知會有何種下場……
一方面希望孩子乾脆流產，
一方面又為了自己如此狠心而自責。
或許有許多夜晚都是哭腫了眼睛度過。

但是達那厄最後還是下定決心要生下孩子。
所以阿克里西俄斯王必定會如此質問：
「妳已經被隔離了半年以上都沒見到任何人，
那麼，妳肚子裡的小孩是誰的？」

那……那種問題……
根本沒辦法回答啊……！

對，她無法回答。可是不回答的話，母子兩人都會被殺。
沒有任何人會幫助達那厄，不管是父王、戰士，
還是玷汙她的政敵，都不會對她伸出援手。
對於達那厄來說，世界上的一切都是敵人。

整日哭泣，筋疲力竭，也已經消耗殆盡的母親之心
──在這種狀況下，依舊沒有放棄自己的孩子。

被逼上絕境的達那厄彷彿已經接受一切命運，
她抱著嬰兒喃喃開口：

「這個嬰兒……
是我等的偉大神明──宙斯的孩子，
所以拜託請放過他吧！」

……！

好了，所有的關鍵都到齊了。
究竟大父神做了什麼，想了什麼，
又是為了拯救什麼……
才會做出「大父神宣言」呢？
身為宙斯的養母，
就由我來講述大父神的一切吧。

——以大父神宙斯之名。

承認世上所有一切自稱為吾之子的生命。

這是讓所有神明都懷疑自己聽錯的行為。

敵方忘了繼續攻擊，己方臉色蒼白地發出慘叫。

因為——神明與人類結合並生下小孩，就等同於父神必須把自身的靈格分配出去。

像達那厄那種「小孩帕修斯會被自己父親殺掉」的案例還可以另當別論，有些人只不過是為了「沾光」就宣稱小孩是主神宙斯之子。而這個宣言，正是在表示宙斯願意平等地一律承認所有的孩子。

不過，這個行為至少拯救了許多生命。

公元前的時代——女性還沒有什麼地位，經常在非情願的狀況下懷上孩子。

婚外子、敵人的孩子、未婚生子……當生下這些孩子的母親們實在無法說出父親的名字

時，到了最後的最後，她們只能仰賴沒有實體的神明。

面對以「毀滅國家的命運之子」這種神諭來作為正當理由的父王，達那厄靠著證明「只有神靈才能辦到的婚姻」，讓兩種完全相反的意見能夠並立。

即使神並不存在，人民卻**相信**神確實存在。

殺害神之子的行為對統治者來說也會造成負面的影響。

大父神宣言是由神明親自發表證言，並藉此形成會讓信眾下意識相信母親證言的巨大潮流——也就是製造出了「歷史轉換期」。

然而為了固定這個潮流，需要的代價難以估量。

無論是過去、現在、未來，還是世上不分東西方的某一個角落，到處都存在著可憐母親們的悲劇。既然要承認所有的孩子，就算是主神也逃不過靈格耗損的壓力。

在宙斯發表宣言的同時，他的靈格開始縮小，存在也迅速變得稀薄。

他從神靈降級為動物。

從動物降級為蟲子。

從蟲子再繼續劣化成更弱小的存在。

和宙斯敵對的魔王堤豐因此有些不知所措。

對他來說，這完全是一種無法理解的行動。

由於吃下「星辰果實」而失去蓋亞守護的他，和宙斯一直上演著勢均力敵的戰鬥。

一進一退的攻防持續了一陣子之後，宙斯突然拉開距離，以認真的眼神發表宣言。

他絕對不是為了耍帥或好玩才說出那種話。

成為遠比蟲子還渺小的生命後，不需眾神出馬，宙斯只剩下連人類都可以把他踩扁的靈格。

堤豐不明白宙斯為什麼會做出如此奇異的行徑，他帶著滿腔怒氣開口質問。

質問宙斯何以愚蠢至此。

——這場戰爭要是繼續打下去，我總有一天能夠打倒你。

但也只能打倒你而已。如果只是單純打倒你，你和蓋亞都無法得救。

也無法讓星神戰爭劃下句點。

說完這些話，宙斯的靈格稍微增大。

雖說只是個微小的變化，卻明確到絕對不可能弄錯。

他的靈格確實增大了，而且這種變化並沒有就此結束。開始無限增大後，宙斯減退到比蟲子還渺小的靈格轉眼之間就變得非常巨大。

他從蟲子進化為動物，動物進化為神明，再從神明成為更加強大的存在。

發現從父神授予孩子的靈格化為更強大的力量波動反饋給宙斯後，諸神總算理解發生了什麼事情，也忍不住因此顫慄。

既然身為人之子的帕修斯同時也獲得神之子的立場，代表無論神明是否真正存在，帕修斯作為神之子的事實都無可改變。

也就是他的存在概率會成為最大值。

如果只有帕修斯符合這種狀況，應該不會帶來什麼明顯的變化，然而宙斯並不是只承認了他一個。

——「這個孩子的父親是神明，所以拜託請放過他吧！」

達那厄曾流著眼淚說出這些話，她的境遇在那個時代並不罕見。

除了達那厄的孩子，宙斯還宣布他會平等地一律承認所有自稱是他孩子的人之子。

這個行為讓身為宙斯之子的米諾斯、帕修斯以及赫拉克勒斯等英雄英傑寫下的連綿歷史變得更加強固。宙斯本身也因為成為人類歷史的基礎，讓他獲得了新的力量。

但是這種巨大力量的代價，就是要接納一個破滅。

既然宙斯的靈格已經和人類的歷史同化，那麼人類一旦滅亡，他的靈格也會消失得無影無蹤。這代表了他選擇和人類一起前進，和人類一起生存——也和人類一起滅亡。

「大父神宣言」定案了箱庭現今的存在方式，綻放出足以讓其他神群也產生同樣決心的燦然光輝，照亮整個世界。

黃道十二星座·最強的雙刃斧——雷霆Keraunos是聚焦並釋放這份光輝的容器。

大父神宙斯將來自人類歷史、神明歷史以及星辰系譜的所有靈格全都注入雷霆Keraunos，只以一擊就粉碎了魔王堤豐，讓持續了漫長歲月的戰爭得以終結。

*

——豎琴的琴聲響起。

敘述完故事後，阿爾瑪特亞收起紙板，轉身面對參賽者們。

她拿下鬍鬚露出微笑，把手伸向阿斯特里歐斯。

「阿斯特里歐斯王，以上就是『大父神宣言』的一切。」

促使人與神的歷史得以互相連結的最初的大宣言。

人和神的關係性之所以能夠延續至今，全因為大父神宙斯的決心。

「至於雷霆Keraunos的權能，是讓人類的歷史與系譜連上雷霆的靈格，變換成閃電後蓄積起來再釋放出去。因此單獨個體使用時，雷霆能發揮的力量有限——但是，現在的你並不是單純的個人，應該還有長期等待你歸來的諸多臣民。」

「——……」

「我想你或許已經注意到了……你繼承的名字『阿斯特里歐斯』隱含著何種意義。『星空』、『雷光』、米諾斯王的義父。『阿斯特里歐斯』其實是大父神宙斯的化身才有資格使用的名字。」

參賽者們都騷動了起來。

這件事恐怕沒有人知情。

只有十六夜雙手抱胸，似乎已經察覺一切。

（追溯星辰，造訪古老英雄，揭發大父神宣言之謎……是嗎，原來這些敘述也可以解釋成是在暗示「阿斯特里歐斯」這個人嗎？）

米諾斯王沒有被視為第一子的原因，或許是因為他雖然是宙斯之子，但阿斯特里歐斯一世也同時是宙斯的化身。

十六夜也看向阿斯特里歐斯。

他垂著眼看向下方，像是不知道該做出什麼樣的表情。這時，身為祭司和助理祭司的阿卡希亞和菈菈主動拉起阿斯特里歐斯的手。

「吾王，您或許會因為感到自身力量不足而喟嘆，可是有誰能打從一開始就把所有事情都做好呢？」

「您嚐到此地的橄欖時，曾經說過和故鄉的味道相同。這句話對我們是最好的鼓勵，因為大家都藉此感受到自己至今仍與您走在同一個系譜上。」

「……菈菈、阿卡希亞。」

阿斯特里歐斯回握兩人的手。

小時候，他深信自己總有一天會繼承王位。

在父王詢問自己「是否愛著這個國家」時能夠立刻回答的表現，對現在的阿斯特里歐斯來說依舊是值得自豪的記憶之一。他原本以為自己就算醒來也沒有歸宿，這些原住民的發言卻溫暖了阿斯特里歐斯的內心。

其實他很想立刻點頭答應，和原住民們一起試著建造新的國家。

然而阿斯特里歐斯身為米諾斯王的兒子，有一件無論如何都必須調查清楚的事情。

「菈菈、阿卡希亞，我有件事一定要找妳們詢問詳情。」

「請您儘管吩咐。」

「身為祭司的妳們應該知道這件事。關於隱藏在彌諾陶洛斯傳說中的真正悲劇……數千年前在克里特島上進行的……**粒子體研究的悲劇**。」

「咦——！」

一直靜靜旁聽的米莎忍不住發出驚叫。參賽者們反而是被這個驚叫聲嚇到，紛紛看了她的方向一眼。

大多數的參賽者恐怕無法想像米莎為何如此驚訝。

然而理解阿斯特里歐斯剛剛發言的意義而且感到震驚的人並不只米莎一個。

這個事實透露出的情報過於龐大，甚至連逆迴十六夜也一時無法反應。

（對……對了！星辰粒子體是被造物，不是人類製造出的物質！就算是幾千年前，星辰粒子體已經存在的狀況也沒有問題！）

畢竟山銅是粒子體的變異結晶體，其實這也是理所當然的事情。只是十六夜當時沒辦法立刻聯想到關係性。

他立刻在腦中整理情報。

（星辰粒子體是在日本的海底火山裡找到的，而日本列島是數個大陸板塊彼此重合並形成陸地的特殊地點，這兩件事之間有著因果關係——這就代表……假使別的地方也有相同的地理條件，那麼確實有可能同樣也找到星辰粒子體。）

日本列島和地中海的克里特島有許多相似之處。

米諾斯文明位於大陸板塊的重合點，也是誕生於火山地帶的國家。所以可以說那裡和發現星辰粒子體的日本有著同樣的環境。

而且講到米諾斯文明裡會舉行的儀式——

「不……不好意思請讓我插個嘴，阿斯特里歐斯王。關於你提到的粒子體研究，難道和食人的怪物——彌諾陶洛斯有什麼因果關係嗎？」

「不是什麼因果關係，而是直接代表了同樣意義。基本上，我的死因並不是天花。你應該知道對粒子體的排斥反應和天花的症狀非常相似吧？而且我聽說十六夜你也很清楚……為了讓人體能夠適應粒子體，有一種原始的方法，那就是**讓人類吃掉**粒子體的潛伏患者。」

聽到這邊，十六夜產生一種讓他寒毛直豎的厭惡感。

別說他早就知道，旁邊的菜菜實更是得了白化症的黑人，其他被當成研究體的人想必也是一樣。

既然特地讓得了白化症的黑人成為實驗體，可見那些因為實驗失敗而失去性命的實驗體後來都被作為肉塊，出貨給那些信奉食人主義的酒色之徒。

至於阿斯特里歐斯聲稱那種行為是「原始方式」的理由。

推論出答案的十六夜以怒火中燒的態度咧嘴低吼。

「哼！原來如此——是**這麼一回事**嗎！換句話說，彌諾陶洛斯傳說的真相就是……！」

「對，彌諾陶洛斯傳說——不，正確說法是『使用星辰粒子體的古代人體實驗』才是彌諾陶洛斯傳說的真相。至於魔王堤豐的化身，其實是被我父親米諾斯王作為實驗體的少年之一。」

阿斯特里歐斯滿臉悲痛地表白一切。

和星辰粒子體相關的所有事件在此全都串連了起來。

所以魔王堤豐口中的「過往悲劇」並不是指「星神戰爭」，而是指被他借用的軀體，也就是他的化身彌諾陶洛斯。

（難怪詹姆士那傢伙會吩咐阿斯特里歐斯繼續保密。作為接下來為了打倒敵人而必須吹捧的國王，這個背景有點太沉重了。）

大部分的參賽者可能都沒有聽懂，然而應該有不少人知曉內情又隱藏自身的實力。萬一熟悉內情的參賽者想要退出，會造成很大的損失。

只是把這些問題都考慮進去後，阿斯特里歐斯依然認為必須在眾人面前提起。他判斷要是在此時試圖隱瞞，真相曝光時將會失去眾人對他的信賴。

（可是……我聽說重現「天之牡牛」的那個怪物是從堤豐化身的肉體中取出。所以是怎樣？難道化身彌諾陶洛斯利用人工冬眠來到了現代嗎？）

現在的十六夜無法確定真偽……不過如果真是那樣，他可以體會到魔王堤豐為何會那麼義憤填膺。

他的分身在古代被用於研究，到了現代也還是被用於研究。

越過時空後悲劇卻再度重演，可以想見實驗體會是多麼絕望。

就算是魔王，得知自己的化身遭到如此輕賤對待，當然有充分理由為此勃然大怒。

「父王知道祖國的命運是走向滅亡，或許這個悲劇就是他試圖改變命運的結果。但是我認為父王的所作所為絕對不該獲得原諒。所以我希望你們基於這個前提，再一次好好思考……真的可以由我來擔任國王嗎？」

現場陷入一片寂靜。

對於登上王座，阿斯特里歐斯最擔心的問題大概就是這件事。因為自己會拖累原住民們，讓他們在建國之前就慘遭惡名纏身。

只要在眾人面前宣布彼此的關係已經斷絕，菈菈他們建立的新國家也不會再受到惡名威脅。

菈菈和阿卡希亞都暫時閉上眼睛，最後緩緩搖頭。

「……吾王，非常感謝您的體貼。」

「然而我等是在知曉一切的狀況下，做出要待在亞特蘭提斯大陸上等待吾王歸來的決定……和吾王同時代的我等祖先曾有機會捨棄過去的經歷，在箱庭建立新的國家。即使如此，我們仍舊選擇在這片土地上繼續等待。」

「——……」

「根據紀錄，如果當時的米諾斯王沒有犯下罪業，星之大鍋會讓克里特島徹底消失，我等的祖先也沒有時間逃走。譴責王是罪人的言論，遲早會反過來成為抨擊我們的言論。就算我們一時躲過了惡名，過去也不會有任何改變。倘若您真的對父王的罪業感到痛心——」

兩人目不轉睛地看著阿斯特里歐斯，真心誠意地對他說道：

「吾王，請您和我們一起在這片土地上……尋找贖罪之路吧。」

「……！」

感受到這份跨越千年的決心後，阿斯特里歐斯緩緩抬頭望天。

雙方已經不需要再多說什麼。

接著他重重點頭，轉身面對十六夜和赫拉克勒斯。

「十六夜、赫拉克勒斯，我有件事想拜託兩位。」

「什麼事？」

「能不能麻煩你們帶我去見魔王提豐——去見他的化身？」

聽到這意料之中的請求，十六夜帶著挑釁笑容點了點頭。

「事到如今還說這什麼話？那是這邊本來就想提出的要求。更何況我有一大堆事情必須由你去找那傢伙問個清楚，就算你不願意，我也會硬把你給帶過去。」

「我的意見也一樣，看樣子這次的戰鬥並不是只要打倒敵人就能解決一切。」

該做的事情已經定案。

接下來全看阿斯特里歐斯能不能以王的身分徹底發揮出雷霆Keraunos的力量。

不過十六夜有一個不管怎麼樣都想不通的疑問。

（阿爾瑪講述過去的神話時，並沒有提到蓋亞發起戰爭的原因。阿爾瑪大概是刻意避開了那個情報。）

對人類的未來、諸神的未來，以及星球的未來都予以正面肯定的大地母神蓋亞。只要能查出她決心引發戰爭的理由，說不定能為拯救外界的行動掀起一陣波瀾。十六夜心想等這場戰鬥結束後，應該去找阿爾瑪要個答案才行。

於是考察結束，當參賽者們正準備為了作戰計畫而開始行動時……

伴隨著震撼地下要塞的強烈搖晃，戰士們的叫聲也傳了進來。

「是——是巨人族！這裡被巨人族發現了！」

「屯駐在這裡的戰士前往西門集合！」

「萬一西門遭到破壞，敵人就能夠入侵居住區！在外面待機的參賽者正在幫忙爭取時間，必須趕快安排居民逃走！」

牛面具戰士們殺氣騰騰地衝了出去。

參賽者們全都提高鬥志，進入臨戰狀態。

十六夜也立刻看了看通往外部的方向。

「……聽到了嗎，對手似乎也等不及了。」

「這下正合我意。住在亞特蘭提斯大陸上的所有戰士！準備好裝備後就前往西門！現在是全面對決！」

原住民們都發出雄壯的怒吼。

阿爾瑪以手扠腰，露出無畏的笑容。

「主人，請儘快下達指示。畢竟不管哪個時代，先鋒都能搶得最多戰功。」

「我知道，接下來就是競爭了。」

飛鳥把天叢雲劍掛在腰間，內心充滿了幹勁。

赫拉克勒斯指著西門，以勇猛的語氣對著參賽者們下令。

「沒有時間仔細分組了！參賽者們自己選擇要跟著我還是十六夜！動作快！」

他下完號令後立刻行動，參賽者也跟著衝了出去。

臉上掛著挑釁笑容的十六夜來到赫拉克勒斯旁邊對他搭話。

「話說回來大英雄，聽說你輸給敵方的魔王，這是真的假的？」

「我不否認，那個叫作『逼滴欸』的武器超乎了我的想像。」

B.D.A——Blood accelerator（血中粒子加速器），魔王堤豐也使用了這個裝置。

十六夜總覺得魔王堤豐的化身似乎成了關鍵性的契機。

隨著世界末日逐漸逼近，「絕對惡」也冒出了新芽。

十六夜內心有個預感，「人類最終考驗（Last Embryo）」和「弒神者」以及「絕對惡」之間的因果關係開始出現明確的關聯。

「那麼你那邊的狀況又如何，逆迴十六夜？」

「我這邊不必擔心。雖然之前出了點糗，不過看起來其他參賽者的表現都挺搶眼的，自己當然也要稍微展現出帥氣一面才行。」

一行人馬不停蹄地衝向西門。

這時鈴華和菜菜實靠著空間跳躍出現在十六夜面前。

「十六哥！先等一下！」

「先等一下！」

突然出現的兩人讓十六夜停下腳步。

不，仔細一看會發現還有另一個人影。

黑眼圈很嚴重的西鄉焰被鈴華推到最前面，把手上的耳機遞給十六夜。

「……？焰？」

「總算勉強趕上了……！這是以我的方式來製作的新B.D.A！」

十六夜吃了一驚，收下焰強塞給他的耳機。接著焰又遞出一張捲起來的羊皮紙，才強睜著因為睡意而視線模糊的雙眼看向十六夜。

「十六哥，關於『蓋亞么子』的化身……阿斯特里歐斯跟你說了嗎？」

「……嗯，剛剛聽說了。」

「……這樣啊。」

焰閉上眼睛，似乎很懊悔地咬了咬牙。

看樣子阿斯特里歐斯曾經找過焰，畢竟焰身為粒子體研究的第一人，他大概是認為焰有可能知道一些情報。

來自外面的震動變得更加強烈時，焰睜開眼睛，直直看向十六夜。

「我相信十六哥——就算**最後只有最壞的結果**也一樣。所以，請十六哥親眼去看清真相。」

「——好。」

「B.D.A的功能寫在那張羊皮紙上，接下來的事情就交給十六哥了……！」

焰只說了這些，隨即失去意識倒下。看起來是睡著了。

這五天以來，或許他都在不眠不休地製造B.D.A。

真是亂來……十六夜露出苦笑，把一直掛在脖子上的貓耳耳機拿下來丟給鈴華。

「辛苦妳把人帶來，後面就交給我，放心睡大覺去吧！」

「嗯！十六哥也加油！」

「加油！」

在三名少年少女的聲援下，十六夜再度展開行動。關於B.D.A的使用說明書，恐怕只能邊戰鬥邊確認。

除了巨人族的叫聲，同時也能聽到幾個戰鬥造成的聲響。

似乎有一些參賽者本來就在門外待機。

衝擊搞不好會造成洞穴崩塌的問題讓人有點困擾，不過肯定是實力相當堅強的參賽者在幫忙防衛要塞。

如果想確認主權戰爭參賽者的戰力，這次是個好機會。

十六夜拿出事先從赫拉克勒斯的皮袋裡搶來的肉乾塞進嘴裡，臉上是開心的笑容。

「就讓我領教一下，來參加主權戰爭的各路高手到底有何本領吧。」

走出西門的十六夜擺出迎戰態勢。

然而映入他眼中的不是巨人族，而是覆蓋著結晶體的巨大要塞。

「什麼……！」

十六夜停下腳步，抬頭仰望天空。

所有人都被眼前要塞的雄偉外貌所鎮懾。

巨大要塞的外側纏繞著數不清的大蛇，全都抬著頭瞪著參賽者。

再過一段時間之後，恐怕會出現更巨大的怪物。

從大地隆起的要塞中心有著熠熠生輝的山銅礦脈，強而有力的鼓動不愧為這片大陸的心臟。

看向遠方，大陸邊緣出現了會讓人誤以為是山脈影子的巨大龍頭，正在緩緩抬高。

（……哼！不光是出場大張旗鼓，連迎擊態勢也準備萬全嗎？）

位於亞特蘭提斯大陸中心的要塞都市遺跡——以星之恩惠建造的首都衛城遺跡發出淡淡的光芒，正在呼喚主人覺醒。

這個要塞都市遺跡使用了從山銅礦脈挖掘出的礦石，在「星神戰爭」時代是擁有自豪鐵壁的無敵要塞。

如今卻成了空無一人的廢墟。

常言道繁華如夢。

這片大地正是聚集了眾多種族，建立起十種文明，最後卻步向滅亡的夢幻大陸。

——睜大眼睛看清楚吧，渺小的參賽者們。

看清楚馳騁於箱庭黎明期的怪物之姿。

此人正是母親半星靈蓋亞深愛的王冠之一。

＊

從大陸最北邊升起的巨大龍頭遮住了天上的星星。

宛如巨大山峰的磅礴身姿讓所有人都不禁屏息，明明手持武器卻不知道該如何是好，只能愣愣地呆站在原地。

「嗚……居然如此巨大……！」

飛鳥他們以前打倒的岩石巨人也很巨大，卻無法拿來和眼前從大陸邊緣隆起的龍頭相提並論。畢竟對手是大陸的一部分。

原本居住著人類和動物的大地高高掀起化為龍型，對參賽者顯露出敵意。

聽說大陸是魔王本體時還沒辦法具體想像的光景現在化為現實，阻擋在參賽者的前方。

海岬的斷崖絕壁直接成為龍的下顎，岩石表面變化成頑強的鱗片。

所有人都瞠目結舌——只有十六夜從眼前的光景聯想到其他景象。

「大小姐，妳不覺得這些敵人有點眼熟嗎？」

「咦？」

「量產的巨人族，出現在大陸上的要塞，巨大的龍頭……雖然各個零件本身不同，不過和吸血鬼的空中要塞有許多類似點。」

吃了一驚的飛鳥把頭抬了起來。

聽十六夜這麼一說，她也覺得相似點確實不少。過去面對的敵人是魔獸群，但是「巨龍不斷產生魔獸」和「大陸不斷產生巨人族」的部分卻是雷同。

（大小姐並不知道，還有一個最重要的類似點。不管是吸血鬼的空中城堡，還是亞特蘭提斯大陸，在箱庭都留下了「**從外界**召喚而來」的歷史紀錄。）

根據傳言，十六夜也聽說過吸血鬼原本是人類的說法。

雖然受到各種傳說影響，讓吸血鬼被追加了許多特色，然而他們一開始應該是作為有更多不同的生物來降生於世。

（該不會……所有的事件都有某種關聯？）

既然蕾蒂西亞不在這裡，有些事情就必須找敵人確認。

十六夜撈起阿斯特里歐斯的領子，回頭對飛鳥問道：

「大小姐！妳打算和赫拉克勒斯一起行動吧？」

「當然！破壞心臟的工作就交給十六夜了！」

「好！」十六夜點點頭，帶著阿斯特里歐斯跳過要塞，瀟灑地離開現場。有幾個參賽者跟了上去，不過大部分都留在赫拉克勒斯身邊。

可能是他們判斷這樣做比較有機會建立武勳吧。

當面的問題是頭上的龍頭。

飛鳥流著冷汗抬頭看向敵人。

就算要召喚迪恩來與之對抗，這次的對手還是太過巨大。

（可是，只有迪恩能對抗這種巨大的敵人……！要是再拖延下去，說不定會變得更強……！）

只能由自己出手。飛鳥才剛下定決心——

一道來自大陸邊緣的巨大光熱襲擊龍頭。

「嗚……這……這次又是什麼！」

光熱還帶起一陣強風。被直接打中的龍頭稍微晃動了一下，緩緩地轉向發出攻擊的方位。

順著視線望去，看到的景象讓參賽者比龍頭更加驚訝。

從天而降的璀璨羽毛灼燒巨人族的身體，接著變化成守護參賽者的加護。

足以震撼天地的吼叫聲傳遍四方，讓所有聽到的敵人都因此顫抖。

然而飛鳥並不是因為眼前的驚人存在而驚訝。

而是因為在擁有羽翼與雞冠的巨龍背上，可以看到春日部耀的身影。

「春……春日部小姐？那是春日部小姐召喚出的幻獸種嗎？」

飛鳥不由得連連驚嘆。

只是身為當事者的春日部耀當然聽不到飛鳥的聲音。

坐在羽翼與雞冠的巨龍——「原初龍・金星降誕(Quetzalcoatl)」背上的春日部耀正瞪著眼前的巨大龍頭。

這隻巨龍讓要塞中旁觀戰況的堤豐等人都睜大雙眼。

「金星的神龍……這真是叫人吃驚，沒想到瑪雅的神龍竟大駕光臨。」

「是說那不是庫庫爾坎(Kukulcan)嗎？為什麼那種東西會來這裡？看了就不愉快。」

「看起來不像是使用了金星的主權。如果真的用了主權，剛才的奇襲應該已經擊碎了龍頭。」

三人各自表達了不同的意見，卻沒有任何人會輕視這個狀況。

坐在王座上的堤豐眼裡浮現想要測試一下的神色，他吃下一塊結晶體。

「也好，就來陪他玩玩，算是代替暖場吧。」

堤豐啟動B.D.A，覆蓋著結晶體的要塞發出更強烈的光芒。

「血中粒子加速器啟動——『Type Tartaros』……！」

下一剎那，脈動傳遍整個大陸。

火山爆發，大地龜裂，覆蓋著結晶體的要塞連續發出強烈的光芒。

春日部耀瞪著敵人大叫：

「科亞先生，敵人要反擊了！請你迴旋並閃躲！」

「了解。」

巨大龍頭打開嘴巴，吐出和先前的光熱截然不同的火球。

始祖龍迅速迴旋避開這一擊，被火球擊中的丘陵燃起熊熊大火，燒得附近一片通紅。

毫無疑問，這個火球具備了正面擊中就能毀滅整個城市的破壞力。然而這種程度的力量頂多只能算是牛刀小試。

龍頭再次張開大嘴，準備射出第二擊。

坐在耀旁邊的珮絲特緊張大叫：

「第二擊要來了！這次敵人絕對不會再打偏！」

「我知道！科亞先生拜託你了！」

始祖龍揮動羽翼，撒下燦爛的的炎之羽毛。

天上飛舞的羽毛刮起漩渦，召來風暴，在空氣中製造出好幾層屏障。巨大龍頭以幾乎要帶起地表的力道用力吸了一口氣，接著吐出火球。

這次的火球先被燦爛羽毛層擋下，力量則被層層的大氣屏障分散，最後形成純粹的力量波浪擴散到大陸中。

在地面戰鬥的參賽者們利用這陣強風高高跳起，使用自己的武器切斷了巨人族的脖子。

這景象讓飛鳥倒吸一口氣，她默默激勵自己。

（……看樣子沒有時間驚慌失措。）

其他參賽者雖然因為初次碰上這種事而一時愣住，但是很快就理解狀況，開始討伐巨人族。這些人都是身經百戰的戰士，必須多次跨越死亡危機才能來到這裡。

他們不是飛鳥必須保護的對象。

所有參賽者都是爭奪獎賞的競爭對手。

既然如此，自己可不能輸……飛鳥拿出恩賜卡，高聲召喚。

「來吧，迪恩！」

一道光芒閃過，紅色鋼鐵巨人在此現身。

落地時掀起煙塵的迪恩發出英勇的吼聲。

「DEEEEeeeeeEEEEN！」

迪恩高速啟動，關節部分噴出火焰。五個巨人族拿著石柱前來攻擊，紅色的的鋼鐵巨人卻不當一回事地衝向敵人，讓他們去撞擊要塞。

利用神珍鐵的特性來伸長的雙臂一口氣掃倒大量巨人族，這次衝刺還撞壞了最靠近外側的要塞。

迪恩製造出的闖入口讓原住民們振奮地拔出武器搖旗吶喊。

春日部耀確認地上的戰力開始大舉進攻後，才呼了口氣轉向正面。

先前的攻擊被擋下後，巨大龍頭還在觀察要如何進行下一步，不過也有可能是在等待其他的龍頭甦醒。

「……這個龍頭比我想像中的大很多，這種東西真的有十個嗎，科亞先生？」

「真的。這是宙斯本人告訴我的事情，不會有錯。」

被喚作科亞先生的雞冠龍有問必答。

坐在旁邊的仁看著這一幕，身上直冒冷汗。

（和過去的模仿不同……他是真正的始祖龍。換句話說，耀小姐見到的是中美洲文明的代表者嗎！）

講到南美的始祖龍，是一種等同於主神的神龍。

據說始祖龍……「魁札爾科亞特爾（Quetzalcoatl）」曾經把文明起源的火賜給人類，為大河帶來風雨，還培育出農耕用的肥沃土地，可以說是一位代表文明的神靈。

他職掌晨星，似乎還擁有兩個用來顯示天空區域的「空之帶」。

春日部耀在吸血鬼的空中城堡裡第一次模仿的武器就是這個始祖龍。

那麼，到底春日部耀是用什麼方法來召喚出過去只能使用「生命目錄」模仿的始祖龍？

「難道耀小姐……擁有金星的主權？」

「不是，我怎麼可能擁有那種貴重物品。這只是使用了『生命目錄』的暫時召喚而已。」

這句話讓仁懷疑自己是否聽錯。

始祖龍的分類雖然是神靈，實際上卻是貨真價實的最強種。

不可能隨隨便便就把他的本體召喚出來。

要說有什麼例外，只有「天軍」是靠著擁有不同宇宙論(Cosmology)的神話諸神各自把靈格一點點聚集起來並藉此顯現，這就是神王因陀羅被視為代表的原因。

（怎……怎麼可能……！「生命目錄」具備能夠代替星權的力量嗎！）

生命的紀錄就是星球的紀錄。

先構築出演化樹並準備好作為附身對象的肉體，接著只要本體願意顯現，或許就有辦法達成「模擬」召喚。

仁覺得這下他總算明白為什麼「Ouroboros」會拚命地想要拿到「生命目錄」。

既然能夠讓最強種暫時顯現，等於擁有無論身處何種狀況都有可能拿出王牌的力量。

「當然不是什麼人都可以召喚。其他的最強種都斷然拒絕，說沒有星權也沒有因緣就不能把力量借給我，只有科亞先生願意提供協助，真的是個超級好人。」

「他不但友善也願意交流……」耀豎起大拇指如此強調。

然而當事者本身卻擺出滿心遺憾的態度，從下方訴說內心的不滿。

「別扭曲事實，我只不過是因為妳父親對我有恩才願意幫忙。而且我明明再三強調自己只會回應一次召喚，結果妳居然三番兩次把我召喚到危險的戰場上。」

表達抗議的始祖龍皺起眉頭連連哼氣。

……明明契約明定只幫一次卻三番兩次都願意接受召喚，聽起來讓人覺得他果然還是一位個性太好的神龍。

「哼……先是『天之牡牛』，現在又是『蓋亞么子』，老是讓我這種已經隱居的古神出面硬撐。」

「對不起，可是在我能找來的朋友中，沒有其他人可以扛起這個局面。」

「哼，我想也是。這是不輸給惡神特斯卡特利波卡（Tezcatlipoca）的威脅，有能力應戰的神靈恐怕也很有限。」

始祖龍的雙眼發亮，帶動大氣產生共鳴。

「話先說在前面，沒有金星的主權，我最多只能應付三顆龍頭。萬一封印繼續解開，現在的我也無能為力，到時候就老實撤退吧。」

「是，我能讓科亞先生維持顯現的時間也只有三十分鐘，不過我會努力到最後一秒。」

「妳還是只有威勢能上檯面——沒辦法，看在這份氣概上，這一戰我就奉陪到底吧！」

對峙的雙方同時放出磅礡雄偉的氣勢，咆哮震撼天地。

另一方面——衝進要塞的先鋒隊伍裡面也包括了久藤彩鳥。

巨人族發出凶猛的吼叫，毫不留情地攻擊原住民。

挖掘大地建設而成的戰壕對巨人族沒有任何意義。他們只踢一腳就能掀起地面，戰壕也會因此崩塌。

這些從火山爆發中誕生的巨人族大部分都擁有不正常的外貌。

多頭、多臂、多眼、單眼……以這些自然界難以出現的外型來到世上的巨人族是沒有智能的怪物，在山林裡四處橫行。

他們並不是生命體，充其量只是呈現巨人外型的武器。

這種光景，彷彿獲得人型的風暴正在肆虐大地。

這種在古老時代曾破壞大地，粉碎諸神要塞的暴力，摧毀了原住民們拚命建設的防衛設施。

第一陣的巨人族和最前線的參賽者發生衝突後沒多久。

瞄準巨人族四肢的蛇蠍劍閃飛竄而過。

「呼……！」

彩鳥呼吸一次，就斬斷了四條手臂上的肌腱。

然而光是砍斷肌腱還無法阻止這些巨人族。

吐出灼熱氣息的巨人轉動身軀高速逼近。

揮動蛇蠍劍閃的久藤彩鳥立刻跳向旁邊，驅使鞭劍確實砍斷了巨人族的頸動脈。

鮮血如噴泉般湧出的巨人族痙攣了一陣，最後終於不再動彈。

彩鳥擦去汗水，臉上滿是苦悶。

（巨人族的皮膚太硬，憑我的腕力，瞄準脖子和手臂也無法完全切斷。只能攻擊血管或眼球才有辦法殺死對方嗎……？）

這次的敵人跟過去的巨人族顯然不同。他們是從亞特蘭提斯大陸的落石中誕生，視為「蓋亞么子」的一部分也不算誇大。

無論擁有多麼巧妙細緻的劍術，還是會被那宛如盔甲的皮膚彈開。

速度、摩擦力、切割角度必須全部一致，才勉強有機會到達頸動脈。

扣掉神格持有者，可以完全看穿這些巨人族的動作並確實殺死對方的劍士，在日本恐怕也找不到五個人。

能夠推翻種族劣勢的劍技確實該稱為神域之技。

然而不管展現了多驚人的絕技，一旦敗北就毫無價值。再這樣下去，形勢只會越來越糟。

頭巾青年的忠告從彩鳥的腦中一閃而過。

這時，一名巨人族從背後來襲。

「嗚——！」

「GEEEYAAAAAAaaaaa！」

這個獨眼巨人並沒有放過彩鳥一瞬間的鬆懈。

拿樹幹當成棍棒般橫掃的巨人把彩鳥打飛出去，幸好頭巾青年出面接住了她。

「哎呀，真危險！妳沒受傷吧？」

「啊……是的，我剛剛利用長槍來避免直接被打中。」

「那就好。妳看，敵人從正面來了。」

青年把彩鳥往前推。這突然的舉動讓彩鳥嚇了一跳，但她立刻拿出兩把剛槍應戰。

揮動樹幹的巨人一步就縮短了彼此的距離。在這種距離下，彩鳥只能砍斷腳踝肌腱來打倒敵人。

於是彩鳥連滾幾圈以滑動方式貼近敵人前方，奪走他的行動能力。

就在下一秒，紅色巨人發出怒吼。

「DEEEEeeeeEEEEN！」

關節部位噴出火焰並衝向巨人族的紅色鋼鐵巨人一拳就打碎了敵人腦袋，還順勢讓對方陷入地面。

它的力量肯定已經比兩年前更強。

能夠伸縮的手臂直線往前毆打敵人的腹部，接著抓住肌肉，把對方用力拉過來之後再對臉部送上一拳。

飛鳥坐在大殺四方的迪恩肩上，對著彩鳥大叫：

「彩鳥小姐！不必勉強解決敵人！只要妳幫忙攻擊四肢讓敵人無法行動，迪恩會負責送他們上路！」

「……我明白了，就那樣做吧！」

彩鳥心裡多少還是不太服氣，現在卻沒有更好的選擇。要是把個人感情帶上戰場影響判斷力，只能說是比不成熟還更不成熟。

如果數量不多，這些巨人族根本不足以對彩鳥造成威脅。但是他們會隨著火山爆發無限湧出，要一個人負責處理還是會到達極限。

當彩鳥開始冒出冷汗時，頭巾青年拿起武器護住她的後方。

「不需要那麼緊繃吧，這次不是只有妳一個人。若想阻止敵人的行動，妳的鞭劍綽綽有餘。只要把最後一擊放寬心交給同伴就好。」

「……嗯。至少這種程度的敵人無論來了多少，都不是我們的對手。」

既然上空由春日部耀等人負責，戰線想必不會輕易瓦解。

天上已經出現好幾次激烈的閃光衝突，在進攻的同時也保護參賽者。

當兩隻超獸製造出的火焰再度衝撞彼此時……

要塞跳出兩個人影，對參賽者發動攻擊。

赫拉克勒斯跟在擔任先鋒的參賽者隊伍裡，揮動拳頭發起攻擊。他這一擊完全不把巨人族的巨大身軀當作一回事，刮起敵人並迅速打碎了第二道城牆。

大蛇吐出的毒霧被他用拳頭掃開，就算用軀體纏住赫拉克勒斯，也被他手臂一揮就輕鬆扯斷。

簡直像是巨象與螞蟻的戰鬥。

順利的話，要一口氣攻進中心部也只是時間的問題。

（不愧是主權戰爭的參賽者，我方的戰鬥力非比尋常。只是也有不少人尚在隱藏實力。）

甚至在戰鬥開始前，還有人一直試圖從後方偷襲赫拉克勒斯。不過正式開戰後，似乎已經把注意力集中在眼前的敵人身上。

看樣子都是一些不可小覷的強者。

然而勢如破竹的赫拉克勒斯依然保持嚴厲的眼神，視線也總是注意著眼前敵人以外的地方。

因為敵人不可能那麼好對付，也不會繼續放任參賽者直接輕鬆闖入。

（……嗚！來了嗎！）

心臟部位跳出兩個人影。

其中一個人影急速降落到赫拉克勒斯前方，對他發動攻擊。

人影轉動身體，從上方對赫拉克勒斯使出迴旋踢，赫拉克勒斯則舉起手臂來接招。但是出乎意料的破壞力讓赫拉克勒斯的每根骨頭都嘎吱作響。

他屏住呼吸，動用全身力量來承受這一擊。

發動襲擊的美貌戰士——「Yggdrasill」的首領維達對赫拉克勒斯的臂力感到佩服。

「……沒想到有人能單憑肉體就接下我最強的一擊，看來你確實夠格自誇為歐洲圈最強，赫拉克勒斯！」

維達以被擋下的右腳為軸心並轉動身體，打算在落地前再攻擊一次。

不過現在的狀況和先前的奇襲不同，赫拉克勒斯並沒有愚蠢到明知威力驚人還打算再次硬擋。

他抓住維達作為軸心的右腳扭動半圈，勉強避開敵人的踢擊。

要是被直接踢中，說不定腦袋已經不保。

和自己擦身而過的死亡預感讓赫拉克勒斯不由得露出笑容，他重振氣勢，把維達抓起來甩動，還試圖把他砸向地面。

而事情當然沒有這麼容易。

維達用左腳踢開抓住自己右腳的雙手，順著被甩動的方向飛往城牆附近。但是他並沒有撞擊城牆，而是像貓一樣翻轉身體在城牆上落地。

赫拉克勒斯轉了轉脖子，毫不客氣地看著維達。

「……原來如此，確實是非常驚人的一擊。聽說你**踩死**噬星一族時，我還以為傳聞不可相信。不過看來你擁有的腳力完全不比傳聞遜色。」

他擦去汗水，露出無畏的笑容。然而實際上，赫拉克勒斯並沒有任何餘裕。至今為止他曾經和許多敵人交手，卻從未見過力氣比自己還大的人型敵人。

（剛剛那一踢實在讓人難以置信。就算是我，被直接踢中也無法安然無恙。）

半神半巨人的北歐最強戰士維達。

殺死狼王芬里爾，據說將會繼承人類下一世代的人物。

被視為「末日之獸」的狼王芬里爾是力量與半星靈極為相似的神祕怪物，相關的故事至今仍在箱庭中流傳。

畢竟這個超獸在北歐神話中吞噬了主神，是引發世界滅亡的導火線之一。而且狼王的孩子們也都成為分別吞噬太陽與月亮的噬星超獸。

大家都知道炎之巨人蘇爾特（Surtr）顯然是火山地帶冰島的擬人化，然而即使是在箱庭，狼王的真實身分依然受到迷霧的包圍。

「維達，負責在末世後讓世界再生之人啊。既然由你來擔任我的對手，看樣子堤豐還無法行動。」

「實際上如何呢，我不過是受託前來開場。畢竟眼前出現了巨大的障礙，所以必須前來清除。」

「是嗎？被人稱許的感覺真是不錯。」

……嗯？維達不解地側了側腦袋。他剛剛完全沒有稱讚赫拉克勒斯的意思，不知道他究竟是如何解讀。

「不過我也身負使命，要把年輕的國王送到敵人的首腦面前。」

「真是崇高的使命，但是你真的能夠達成嗎？」

兩人互相挑釁，同時窺視對方的動靜。

並不是只有赫拉克勒斯必須為了使命奮戰。

（父親命令我「保護堤豐」，這是我出生以來第一次被父親交付的使命……絕對要徹底達成！）

既然堤豐目前的身體狀況並不樂觀，不能讓赫拉克勒斯闖入王座。

維達燃起宛如獅子的鬥志，主動往前衝刺。

他以上段踢瞄準赫拉克勒斯的腦袋，對方只是退後半步就躲開了踢擊。大概是因為赫拉克勒斯判斷自身無法完全接招吧。

既然知道維達的攻勢以踢擊為主，就沒有必要配合對方擅長的領域。成功誘導維達踢空的赫拉克勒斯握起雙手，以全力往下揮擊。

維達則是利用踢擊帶動身體轉了半圈，改為使出後踢攻擊。

靠著第一擊累積的衝勁再加上先運用全身肌肉才使出的這次後踢，具備和先前天差地別的強大威力。

赫拉克勒斯察覺維達的真正攻擊其實是這次的後踢，然而從上往下的攻擊和從下往上的攻擊原本能投入的力道就不相同，因此他發出怒吼，決定直接正面擊垮敵人。

雙方的衝突震撼大地，光是餘波就足以粉碎城牆。

附近的巨人族全被震飛，只有參賽者能勉強護住自己並離開現場。

力量的洪流甚至造成空間扭曲。在洪流中心對決的兩人都怒瞪著對方，雙方施展的招數僵持不下。

不過既然從上往下的攻擊和從下往上的攻擊能夠彼此抗衡，勝負已然分曉。

（嗚……果然如此，這踢擊的威力在我的臂力之上！）

這是能夠踩死「末日之獸」的力量。

就算是擁有三個太陽主權的赫拉克勒斯，成功擋下這一擊的機會大概也只有五成。但是因為這個結果而受到震撼的人不只赫拉克勒斯。

（可惡……！不愧是希臘最強！沒那麼好對付嗎！）

赫拉克勒斯試圖抓住維達的腳踝。

維達反射性地轉動下半身踢開他的手，調整好姿勢準備再度攻擊。雙方的衝突越演越烈，就連身經百戰的參賽者們也無法插手。

在阿爾瑪的保護下，飛鳥目瞪口呆地看著眼前的攻防。

「好……好厲害，不愧是傳說中的希臘神群最強。」

「我反而覺得那個能和赫拉克勒斯正面交戰的對手讓人驚嘆，那種踢擊實在不凡……想必隱藏著什麼內情。」

就連擁有鐵壁般防禦的阿爾瑪也滿心佩服，她不確定沒有牡羊座的自己能支撐多久。

「主人，放棄想支援的念頭吧。我們應該要繼續前進，尋找敵人的首腦。」

「也沒其他辦法。而且敵人是神之化身，天叢雲劍想必能派上用場——」

「——危險，快趴下！」

阿爾瑪趕緊化為鋼鐵軀體以保護飛鳥。

無數的大蛇來襲，把阿爾瑪形成的屏障也一起纏住。

在阿爾瑪發動反擊之前，雙槍少年以流暢動作轉身並砍斷大蛇。

跟在後方趕來的米莎看向飛鳥與阿爾瑪，臉上帶著有些意外的表情。

「……哎呀？我們是不是多管閒事了？」

「不，非常感謝你們的好意，起碼比彼此互扯後腿好得多了。」

飛鳥帶著笑容回應，米莎也豎起拇指露出笑容。

另一方面，雙槍少年康萊正滿臉懷疑地瞪著剛才被他砍斷的大蛇。

「……魔女，妳來看看這具屍體。」

「嗯？」

「這傢伙跟要塞冒出的敵人不同，看來製造怪物的來源不只『蓋亞么子』一個。」

康萊以嚴厲的視線觀察周遭。

聽到他的忠告，其他人也背靠著背提高警戒。

既然擁有製造怪物的力量，敵人很可能不是人類。合理的推測應該是有哪個率領高階惡魔的參賽者在趁亂襲擊其他參賽者。

四人互相消除彼此的死角，等待敵人發動襲擊。

結果先失去耐心的是對方。

「唔……就算阿爾我是超級大美女，也沒辦法正面打破阿爾瑪的防禦，這下只能變更作戰計畫。」

咚！瓦礫後方跳出一個人物，而且還是擁有美麗長髮的美少女。

出乎意料的敵人讓飛鳥和米莎都說不出話，她們原本以為會遭到某個外型恐怖的惡魔襲擊。

但是阿爾瑪和康萊的反應和兩人截然不同。

美少女才一臉不滿地出現在眾人眼前，就讓他們全身上下都冒出了冷汗。

尤其是知道敵人身分的阿爾瑪，她搖著頭彷彿感到難以置信。

「怎……怎麼可能會有這種事……！您為什麼會在這裡……？」

「唔，真是沒禮貌。阿爾我不能參加太陽主權戰爭嗎？阿爾我只是陪著可愛又愚蠢的主人來參賽而已。」

「主──主……**主人**！貴為星靈的您是基於自己的意志去接受人類差遣嗎？」

平常冷靜沉著的阿爾瑪失控地大叫，飛鳥第一次看到她如此激動。自稱阿爾的美少女也掩著嘴很開心地笑了。

「哼哼，看妳這麼驚訝，阿爾我這個驚喜也不算白費。真是可愛的傢伙，我等一下再好好跟妳玩玩──不過呢……」

講到這邊，阿爾格爾不客氣地瞪著飛鳥、米莎和康萊。

她上下打量了一下三人，隨即換上不愉快的表情。

「嗯……極東、羅馬和愛爾蘭嗎？羅馬也就算了，出身邊境島國的傢伙居然膽敢參加太陽主權戰爭。」

「妳說什麼？」

突如其來的侮辱讓飛鳥憤憤地往前踏了一步。既然故鄉遭到才剛打了照面的人物鄙視，不管這個少女是星靈還是什麼，飛鳥都沒有懦弱到不敢動怒。

但是康萊用長槍擋在她的前方，示意飛鳥後退。

他一邊牽制阿爾格爾，一邊尋找能發動攻擊的機會。

「……嘖，在這種無法隨便動用太陽主權的狀況下碰到星靈，我還真是不走運。」

「蠢貨，只有一個太陽主權怎麼敵得過阿爾我，太囂張的話就殺了你喔。」

阿爾格爾擺出打拳的姿勢，看起來沒認真當一回事。

然而阿爾瑪和康萊都保持最大警戒，也完全無法動彈。

飛鳥無法理解眼前的少女是何方神聖，不過如果她真的是足以引起兩人戒心的星靈，狀況可就非常棘手。

畢竟星靈是三大最強種中被視為力量最強大的種族，完全不是人類有能力對抗的敵人。

彼此都在尋找展開行動的合適機會，這時戰場上的情勢仍然不斷演變。

看到他們都停了下來，原住民的戰士們紛紛跑過來關心。

「喂！出了什麼事？你們受傷了嗎？」

「站著不動很危險！要是負傷無法動彈，要快點撤到後方！」

擦著血靠近的原住民大約有十幾人。

他們想必以為阿爾格爾是個和外表一致的少女。

一名神情嚴肅的男性走到她的身邊，輕拍阿爾格爾的肩膀表達關切。

「戰況處於優勢，沒有必要勉強自己。妳也退去後方吧。」

「──……」

可以看得出來男性是真心為阿爾格爾著想。

然而阿爾瑪的臉色瞬間發白，慘叫般地阻止男性。

「不──快住手！立刻從那位大人身邊退開！」

「什麼？」

不明所以的男性打算回頭看向阿爾瑪。

下一瞬間──他碰到阿爾格爾的右手變成五根大蜘蛛的腳，整個人也隨即轉變成醜陋的蜘蛛怪物。

「嗚──嗚啊啊啊啊啊啊──！」

男性發出充滿恐懼的慘叫，這就是他最後的發言。而且剛剛雖然形容成大蜘蛛，實際上外貌徹底改變的男性已經墮落成不可名狀的異質怪物。

眼前發生的慘劇讓飛鳥一時說不出話，阿爾瑪也咬牙切齒地瞪著阿爾格爾。米莎和康萊已經擺出完全的敵對態勢，似乎隨時會發動攻擊。

阿爾格爾拍拍被碰到的肩膀掃去灰塵，接著以不帶一絲感情的眼神看向原住民。

「對了，如果只是要測試那把神劍的效果，使用人類會比較有效率。阿爾我怎麼沒想到呢。」

「嗚──！」

原住民們就算無法了解狀況，應該也能理解她的異常。

他們紛紛轉身想要逃走，阿爾格爾卻輕輕鬆鬆就追上眾人。她開始面無表情地把原住民都變成醜陋的怪物。

有人被變成多眼的蜥蜴。

有人被變成巨大的蛇。

還有人被變成大概是生物的**某種物體**。

面對發出慘叫的原住民接二連三被變成怪物的慘劇，久遠飛鳥的憤怒情緒已經徹底沸騰。

「妳——妳在做什麼！這個惡徒！」

受到怒火的驅使，飛鳥衝了出去。考慮到雙方的實力差距，這只是有勇無謀的行動，但飛鳥無法忍受自己眼前發生如此無法無天的事情。

阿爾瑪也抱著寧可玉碎的決心，解放自己的靈格。然而阿爾格爾瞬間衝到她的面前。

「沒妳的事，閃一邊去吧。」

阿爾格爾碰了碰阿爾瑪的雙腳，於是她的雙腳立刻變得跟石像一樣硬。阿爾瑪反射性地用右手放出雷擊，阿爾格爾已經迅速拉開彼此距離。

繞到阿爾格爾背後的飛鳥揮動天叢雲劍攻擊，卻被她用兩根手指接住。

「可……可惡……！」

「妳弄錯揮劍的對象了，紅衣服的。妳的對手在那邊。」

阿爾格爾抓住飛鳥的手腕，把她丟向變成怪物的原住民。

對於阿爾格爾來說，自己根本沒出多少力氣；對於被丟的飛鳥來說，這成了致命的危機。因為速度太快，她完全無法應對。

飛鳥連人生走馬燈都來不及看到，幸好康萊在千鈞一髮之際接住了她。

只是康萊沒能站穩腳步所以兩人一起飛了出去，這時變成怪物並失去自我的原住民也對他們發動攻擊。

「——對不起！」

飛鳥拔出天叢雲劍並砍向敵人。怪物的部分就這樣被她砍了下來，變成怪物的原住民也逐漸變回人類。

吃了一驚的米莎去確認原住民的狀況，發現對方還有微弱的呼吸。

米莎用難以置信的眼神看向飛鳥。

（居然把被權能變成怪物的敵人連同靈格一起切離……這就是傳說中的天叢雲劍嗎！）

她原本認為萬不得已時只能殺死那些原住民，有這個力量自然可以另當別論。米莎立刻對著康萊大叫。

「康萊！你要負責支援，封鎖原住民的行動！」

「知道啦知道啦，妳不說我也會做。」

康萊以沒什麼幹勁的態度收起雙槍，換成兩把鞭劍。

飛鳥還來不及表示驚訝，康萊已經齜牙咧嘴地發動攻擊。

其中一把鞭劍如蛇蠍般襲擊敵人，另一把則化為從上空來襲的猛禽。兩道曲線高速移動並互相顧及彼此的死角，接二連三地切斷了原住民的肌腱。

（兩……兩把鞭劍……！可是這種戰鬥風格……？）

乍看之下和彩鳥的技術很像，最基本的原則卻不相同。

這兩把鞭劍是為了用鞭劍來**徹底解決敵人**的招式。

既然可以靠兩把劍來相互彌補彼此的死角，就沒有必要配合相對距離去更換武器。

這種連續必殺的蛇蠍與猛禽，源自於「絕對不會被敵人縮短距離」的自信。

原住民們根本沒時間閃躲也來不及防禦，就這樣接二連三地被康萊封鎖了行動。

飛鳥看得目瞪口呆，這時康萊氣沖沖地對她大吼。

「——喂！妳發什麼呆！給他們最後一擊是妳的工作！」

「啊……沒錯！交給我吧！」

總算回神的飛鳥按照順序，使用天叢雲劍讓動彈不得的原住民們變回原本的模樣。這些原住民雖然失去意識，但是沒有性命之危。

只要休養一下，想必很快會恢復健康。

阿爾格爾看著眾人的行動，同時仔細觀察恢復原本外表的原住民。

（……果然沒錯，被那把天什麼劍砍中並不會帶來任何後遺症。那把劍不是折磨么子的原因。）

堤豐認定自己是因為被天叢雲劍砍中，靈格差點剝離才會那麼痛苦，不過阿爾格爾並不同意。

她就是為了確認自己的假設，才會把原住民變成怪物並下令他們攻擊。

（阿爾我是覺得無所謂，可是么子受傷，咱們的出資者就會很傷心。一旦出資者很傷心，阿爾我也會有點傷心。）

既然另有原因，目前只剩下一個可疑的對象。如果沒有立刻處理，說不定會來不及補救。

等最後的原住民也恢復原狀後，飛鳥甩著一頭亂髮，惡狠狠地瞪著阿爾格爾。

「好了……只剩下妳一個了！快點解放阿爾瑪，並且為先前的殘暴行為好好道歉！」

「門都沒有妳想得美。因為阿爾我是絕世美少女兼自由的化身，信條是與其自己道歉，還不如把對方打到乖乖道歉後再殺掉對方。而且本來阿爾我也很想殺了妳，這次就看在可愛又愚蠢的主人面子上饒妳一命。Good bye！」

阿爾格爾做出敬禮手勢，然後消失無蹤。

飛鳥真的驚訝到嘴巴都合不起來。對方先那樣隨興胡鬧了一陣，總算要決戰時卻腳底抹油。

這下要飛鳥如何宣洩心中這份無以言喻的怒火？

「那……那……那個小不點惡徒……到底是來做什麼的！」

「我說～……飛鳥小姐。我懂妳的心情，但現在還是先珍惜保住的一條小命吧。老實說，那是該慶幸沒有發生正面衝突的對手。」

米莎拍了拍飛鳥的肩膀，苦笑著安慰她。

飛鳥還是氣得全身發抖，不過她也明白米莎說的沒錯。

現在只能讓自己冷靜下來。

「……嗯，是啊。但是不能就這樣算了，我一定會親手制裁剛剛那個惡徒，連同她的什麼主人也一起教訓！」

飛鳥強忍著怒氣，把天叢雲劍收入劍鞘。

接著她轉向兩人，露出平常的燦爛笑容。

「話說回來……不好意思到現在才有時間致意，謝謝你們剛才出手相救。兩位是米莎小姐和康萊小弟吧？」

「ＯＫＯＫ，這點小事不必在意。俗話說有緣千里來相會，目前彼此應該要互助合作。對吧，康萊？」

「我才不管，要玩交朋友遊戲的話，妳們自己去玩。我要待在這裡對付巨人族，勸妳把搭檔救出來以後也趕快前進。」

康萊沒好氣地如此說完，隨即離開現場。其實飛鳥有些事情想問他，不過現在確實該以繼續往前為第一要務。

因此救出阿爾瑪後，飛鳥和米莎一起衝向要塞的中心。

＊

另一方面，在同一時刻——

「哼——有什麼好囂張！」

十六夜大喝一聲，整群巨人族全都被他粉碎。

傷勢痊癒也恢復正常狀態的十六夜發揮出宛如鬼神的力量，將敵人接連摧毀。或許是因為內心累積了太多悶氣，明明身處激戰中心，大殺四方的十六夜看起來還是很樂在其中。

阿斯特里歐斯看了他的表現，嘴角不由得有點扭曲。

「不……不愧是十六夜，看來不需要擔心你的傷勢。」

「沒錯，我的狀況很好。雖說也有幾個比較強大的巨人，但是根據這種頻度，來多少個都沒有問題。你大可以放寬心把一切都包在我身上。」

十六夜呀哈哈大笑，把手臂轉了幾圈。

他的臉上掛著笑容，雙眼卻還是冷靜地觀察周遭。

（……覆蓋著結晶體與樹根的要塞嗎？假使這些樹根來自「星辰果實」發芽後長成的樹木，說不定是一棵大到誇張的巨樹。）

那棵樹現在依然存活，換句話說封印還是有效。

十六夜不確定封印能束縛開始變化的亞特蘭提斯大陸多久，不過現在只能期待這棵神祕大樹的力量。

由逆迴十六夜與阿斯特里歐斯所率領的集團即將到達通往王座廳的迴廊。分散戰力似乎是正確的選擇。如果和赫拉克勒斯與飛鳥一起行動，肯定已經碰上出乎預料的強敵。

一行人沿著跟廢墟沒兩樣的迴廊前進，這時菈菈突然指向窗外。

「大家看！龍頭變成四個了！」

「——！」

巨大的黑影抬起頭來，和春日部耀與始祖龍之間的戰鬥讓天空燃燒般地赤紅。

四個方向都遭到包圍的始祖龍只能飛向高空遠離龍頭，靠著遠距離攻擊來勉強維持戰線。再這樣下去，顯然遲早會陷入危機。

（可惡！龍頭復活的速度比預估的更快！光靠春日部沒辦法支撐嗎！）

期待落空的十六夜狠狠咂嘴，瞪著纏住要塞的大樹。

然而就在十六夜正好看向大樹時——至今一直頑強糾纏住要塞的大樹卻突然開始枯萎，逐漸失去力量。

「喂喂……這是怎麼一回事……？」

大樹的力量迅速流失。受到這件事情的影響，巨人族全都發出怪叫聲，開始反過來壓制原住民與參賽者的氣勢。

出現在上空的巨大龍頭正在慢慢把春日部耀和始祖龍逼上絕境。

（「星辰果實」的種子在詹姆士那傢伙手上，他該不會是失手了吧！）

如果真是那樣，後果可就嚴重了。要是不但沒有再度封印，反而只是讓封印提早解除，連萬分之一的勝算也會消失。

十六夜正打算整理一下狀況，這時……

他的手機突然響了起來。

覺得該不會是某人打來的十六夜還是立刻接聽電話。

「……誰？該不會是詹姆士吧？」

「沒錯就是我，十六夜小弟。」

十六夜實在很想立刻對他怒吼，不過現在有些事情必須質問詹姆士。因此他壓下怒氣詢問詹姆士打電話過來的目的。

「你這混帳……現在到底是在做什麼？我這邊可以看到原本纏住結晶體的大樹開始枯萎了！」

「果然如此，我的眼前也發生了同樣的狀況。實際上我已經來到了大礦脈，大樹卻突然當著我們的面急速枯萎。」

「……你想說這是時限到了？」

「實際上如何呢？我倒認為比較可能是某人故意讓大樹枯萎。但是在這種狀況下，就算直接把種子種下去也不知道會發生什麼事情，因此我希望目前繼續只靠地上部隊再多撐一下。」

聽著詹姆士一本正經的發言，十六夜狠狠咂嘴。

先不論他的話是真是假，作為怪物的亞特蘭提斯大陸確實正在準備甦醒。

「……知道了，總之你趕快去達成目的！」

「哎呀，沒想到你如此冷靜，我本來還擔心自己很可能會被你痛罵一頓。」

「我只是不想浪費時間罵人！不要講這些廢話了快點行動，你這個詐欺犯！」

十六夜怒吼完立刻掛斷電話，現在沒有空聽那個傢伙胡說八道。雖然必須儘快找出對策，十六夜本人卻不能離開這個地方。

也沒有其他參賽者仍有餘力前去救援。

赫拉克勒斯光是要對付維達已經無暇他顧。畢竟是神群最強等級之間的戰鬥，他們需要一點時間才能分出勝負。

十六夜正在動腦苦思接下來到底該怎麼處理——

西門那邊出現一把熊熊燃燒的火焰之槍。

「汙染一切吧，吾之星——『原始神格・梵釋槍（Brahma Astra Origin）』……！」

至高的一擊打穿了龍頭的腦袋。儘管沒有擊中要害，還是讓龍頭傷得不輕。龍頭上掉落的熔岩和岩石紛紛落到地上，壓扁了幾個巨人族。

擊出這閃光一槍的當事者——身為「Avatāra」第六化身的持斧羅摩稍微大口呼吸，接下來瞪著天空。

「真是……覺得外面很吵所以出來瞧瞧，沒想到居然熱鬧成這個樣子——是吧，『天軍』的上杉。」

持斧羅摩笑著對站在旁邊的上杉女士搭話，上杉女士則回以傻眼的苦笑。

「我是為了保護妳和焰他們才會留在這片大陸上……不過看這情勢，似乎不該繼續隱藏戰力。」

「沒錯，腦袋從一個變兩個，兩個又變成四個，下一次說不定會變成八個。在這種狀況下，可沒辦法悠哉睡覺。」

持斧羅摩發出陰鬱的哼哼笑聲。

上杉女士也整理好自己的裝備。

「從西邊的龍頭開始照順序攻擊。妳跟得上我嗎，毘沙門天(Vaiśravana)的化身！」

「當然沒問題，一起上吧！」

兩名神之化身都竄向高空。

坐在春日部耀旁邊的仁・拉塞爾也露出下定決心的表情，拿出自己的恩賜卡。

（珮絲特，看樣子現在不是藏招的時候。）

（嘻嘻，不過你也算撐很久了。）

（因為我們的目標是優勝。隱藏戰力是基礎中的基礎，就算旁邊是耀小姐也一樣。不過要是在這邊保留太多實力，到了第二戰之後，很可能會引起其他人的反感。）

仁的目的只是為了建立「曾經以參賽者的身分和大家團結作戰」的事實。

根據現狀，如果要將參賽者分組，可以分成先行離開亞特蘭提斯大陸的參賽者，以及選擇留下來戰鬥的參賽者。

然而「明明留下來卻沒有參與戰鬥的參賽者」是其中人數最少的組別，恐怕還會被視為害怕戰鬥的膽小鬼而留下討人厭的負面形象。

那樣一來，說不定會導致連交涉都無法順利談妥。

（……我的主人越來越擅長耍詭計了呢。）

（這……這種時候應該說我變得越來越冷靜了。而且不管怎麼樣，萬一耀小姐碰上危險，無論什麼狀況我都準備出手幫忙。）

真的是那樣嗎？珮絲特聳了聳肩，露出促狹的笑容。

「耀小姐！北邊的龍頭由我們負責阻擋！可以把南邊跟東邊交給你們嗎？」

「當然！不過你要記得，我能繼續戰鬥的時間只剩下十五分鐘！」

仁把耀的交待記在腦裡，帶著聽從自己驅策的同伴們一起衝了出去。

十六夜看到他們加入戰線後，明白現在暫時還有一些緩衝時間。

「……小不點少爺也行動了嗎？希望他離家出走的這兩年還算成功。」

「我們該怎麼辦，十六夜！要去攻擊龍頭嗎？」

「蠢蛋！我們都來到這裡了，怎麼能夠回頭！不管怎麼樣，要是沒打碎心臟，就算攻擊龍頭也無法讓對方停止！我們要趕往中心的王座！」

既然持斧羅摩和上杉女士都加入戰局，想來沒有問題。

最糟糕的事態是因為大樹枯萎，導致亞特蘭提斯大陸失控的速度加快。萬一再出現更多龍頭，可以說是已經被逼成死棋。

十六夜把阿斯特里歐斯扛在肩膀上，以全力衝過迴廊，直接踹破王座廳的大門。

接著十六夜和參賽者們立刻做好遭受攻擊的準備。

與王座上的魔王面對面後——

散發出七彩的極光映入參賽者們的眼中。

幕間

叩、叩——腳步聲在地下迴響。

此處的位置大概是王座廳的正下方附近，不斷往上延伸的巨樹與山銅大礦脈看起來就像是互相束縛了彼此。

沿著地下要塞的隱藏通路來到這裡的兩個人影——「Ouroboros」的遊戲掌控者詹姆士以及吸血鬼拉彌亞．德克雷亞都停下腳步觀察眼前的狀況。

拉彌亞因為擔心在地上的飛鳥或許會在戰鬥中喪命，顯得很心神不寧。要是飛鳥有個萬一，就會跟著失去「天叢雲劍」的力量。

換句話說，連拯救拉彌亞她母親的手段也會一併消失。

「我說……詹姆士，我真的不必參加戰鬥嗎？」

「沒問題，我的小淑女。我已經觀察過主權戰爭的參賽者，看起來好手如雲。就算靠我的拳擊技術，恐怕也有點難以應付。」

「討厭，你又這樣轉移話題！憑詹姆士的武術水準，怎麼可能真的把參賽者怎麼樣！如果主權戰爭裡有誰比你還弱，反而才讓人感到驚訝！」

拉彌亞氣得面紅耳赤，詹姆士則回以帶著困擾的笑容。

「沒錯，動起手來我應該是最弱的一個。所以只能像這樣絞盡腦汁，想辦法搶在其他參賽者之前——嗯，這附近的樹根大概就可以了。」

他從大樹樹根裡挑出最粗的一條，招著手示意拉彌亞靠近。

「我的小淑女，能不能麻煩妳把血滴在這棵樹上？然後我希望妳命令它立刻枯萎。」

「……？可以是可以，但是讓大樹枯萎沒問題嗎？」

「當然沒問題，我正是為了讓它枯萎才來到此地。」

聽到這句回答，拉彌亞的表情更是充滿疑問。她記得在先前的會議中，應該已經說好要把「星辰果實」種到礦脈裡，讓新的大樹能夠抽芽成長。

然而詹姆士卻帶著溫和笑容搖了搖頭。

「畢竟勝利已落入我們的手中，而且根據小淑女的意見，我要建立武勳是個難題吧？」

「是……是那樣沒錯，因為詹姆士你真的很弱。」

「所以我們沒有必要繼續留在亞特蘭提斯大陸上，接下來參賽者們想必會自己找出辦法解決。」

「可是這個星辰之樹的種子要怎麼辦？」

「當然是帶回去。何必在這種地方使用世上罕見的噬星之樹，要是將來能在什麼場合派上用場更算是賺到……這是個好主意吧？」

詹姆士笑著回答，拉彌亞卻皺起眉頭。

「好是好……可是這種做法不會導致其他參賽者過於敵視我們嗎？」

「哈哈……不愧是我的小淑女。妳說得對，身為第一戰勝利者的我已經遭到其他人排擠。為了避免引起更多反感，至少要做到最低限度的聯絡與報告。」

語畢，詹姆士從恩賜卡中拿出過時的轉盤式電話。接著他伸手指向樹根，帶著微笑對拉彌亞做出指示。

「由我來跟那個人說明，小淑女去讓大樹枯萎吧。完事之後我們就可以先離開亞特蘭提斯大陸，然後去享用下午茶。」

「哎呀，聽起來很棒，我喜歡詹姆士挑選的紅茶。」

「實在榮幸，看來我還得準備最高級的蛋糕才行。」

聽到紅茶和蛋糕的拉彌亞心情很好地割傷手腕，把吸血鬼的鮮血滴向大樹。大樹隨即開始膨脹並急速成長，短短數秒後卻突然乾枯萎縮彷彿耗盡了生命，最後成為一棵乾扁的白色死樹。

詹姆士確認結果後，利用偷偷入手的號碼打給逆迴十六夜的手機。

嘟嘟嘟……呼叫聲才剛響起，十六夜就接起電話。

「你這混帳……現在到底是在做什麼？我這邊可以看到原本纏住結晶體的大樹開始枯萎

了！」

「果然如此，我的眼前也發生了同樣的狀況。實際上我已經來到了大礦脈，大樹卻突然當著我們的面急速枯萎。」

「……你想說這是時限到了？」

「實際上如何呢？我倒認為比較可能是**某人故意**讓大樹枯萎。但是在這種狀況下，就算直接把種子種下去也不知道會發生什麼事情，因此我希望目前繼續只靠地上部隊再多撐一下。」

覺得詹姆士根本沒資格講這些話的拉彌亞滿心不以為然。

不過逆廻十六夜當然無法確認他們這邊的狀況。

「……知道了，總之你趕快去達成目的！」

「哎呀，沒想到你如此冷靜，我本來還擔心自己很可能會被你痛罵一頓。」

「我只是不想浪費時間罵人！不要講這些廢話了快點行動，你這個詐欺犯！」

十六夜怒吼完就掛掉電話，只是詹姆士已經摀住耳朵，似乎早就預料到他的行動。

拉彌亞搖著頭嘆了口氣。

「……詹姆士，你剛剛故意講了一些會惹火對方的發言吧？」

「哈哈，何必講得那麼難聽，我只不過是害怕被那些還在地上奮戰的勇士瞧不起而已。」

詹姆士聳著肩回應。

注意到大陸開始出現更進一步的異變後，他帶著認真表情抱起拉彌亞。

「亞特蘭提斯大陸這一戰的勝負已經是時間問題，我們要先行撤退。」

「好……啊，但是飛鳥遇到危險時必須去救她！萬一飛鳥死掉了，我會跟你絕交！」

「這……這真是讓人心痛，我盡量妥善處理。」

詹姆士擺出一副極為慌亂的模樣，也不知道是出自真心或者是在演戲。隨後，兩人的身影都在半空中倏然消失。失去大樹支撐的地下道在地震中崩塌，能查明此地發生過什麼事的線索也自然而然地隨之消滅。

第七章

參賽者們擊碎王座廳的大門，到達敵地的最深處。

異變正是在此時發生。

目睹在王座中心發出極光的此地之主——魔王提豐的樣子，十六夜等人忍不住滿心驚愕。

（這種異常的光芒……！就算是B.D.A在發光也不對勁吧……！）

接連發出七色光芒的提豐壓著面具站了起來，威嚇似的瞪著十六夜等人。阿斯特里歐斯有點畏縮，但身後跟著為了保護他而一起前來的菈菈和阿卡希亞。

他心想既然自己是以國王的身分來此和提豐對話，當然不能讓兩人蒙羞。

阿斯特里歐斯往前踏了一步，瞪著魔王開口：

「魔王提豐，我是米諾斯王的兒子，阿斯特里歐斯二世。我作為與這片大地共生共存的王，前來與你對話。」

阿斯特里歐斯報上名號後，似乎很痛苦的提豐把視線放到了他身上。

「……哦？所以你是知道我化身的身分後才跑來見我嗎？」

「當然知道，你的化身是被我父親利用的悲慘犧牲者……也就是我的異父兄弟，彌諾陶洛斯吧？」

聽到阿斯特里歐斯的回答，堤豐滿臉憤怒。

傳說中將怪牛彌諾陶洛斯與王子阿斯特里歐斯描寫成同一人物，但是加上星辰粒子體這個事實後，重點就能放在一直沒有解決的另一個謎團上。

既然彌諾陶洛斯遭到米諾斯王殺害的原因並不是天花，而是因為他身為**粒子體的實驗體**，可見關於阿斯特里歐斯之死的傳說隱藏著不為人知的另一面。

堤豐似乎很痛苦地按住心臟，卻還是看著阿斯特里歐斯發出哈哈大笑。他的笑聲彷彿是在嘲笑眼前的喜劇，也像是在掩飾內心的激憤。

「對……沒錯，我的化身是你母親生下的婚外子！阿斯特里歐斯和彌諾陶洛斯並非同一人物！」

「我們雖然不是**同一人物**，卻成了**同一存在**。由於和彌諾陶洛斯吃下了身為實驗體的我，最後我們就成為共同的存在。」

下一瞬間，堤豐的雙眼冒出熊熊怒火。

「對，你說得沒錯！你正是我那不幸的化身含淚吃下的血肉之一！為了米諾斯王的醜惡計畫而遭到消費的犧牲者！」

——所以為什麼？為什麼同為犧牲者的你會出現在我的面前？

提豐散發出強烈怒氣，尖銳的視線彷彿可以貫穿阿斯特里歐斯。

阿斯特里歐斯之前就已經略知一二，如今更確定提豐果然是基於義憤才做出這些行動。

既然如此，雙方想來還有溝通的餘地。

他拿出金牛座的雙刃斧——雷霆Keraunos插在地上，毫無畏懼地回瞪提豐。

「魔王提豐，我絕不認為父親做出了正確的行為——然而父親是王，是執政者。所謂的王是肩負國家最後決定的人，也是比起尊重世界的正義，**更有義務與國家站在同一陣線**的人物。」

一旦為王者捨棄國家，國家就會滅亡。

國民也只有死路一條。

「如果要問我米諾斯是否應該覆滅……我個人認為應該。既然那是一個只能靠著不斷產生犧牲者與悲劇才能繼續存續的國家，那麼理應順從命運走向終結。若想反抗命運，必須率領人民找出大海另一端的可能性才行。」

作為海洋國家迎接盛世的米諾斯文明也是各種文明的中途點。米諾斯王既然有能力讓米諾斯成為繁榮的海洋國家，想必也能和人民一起從頭重新開始。

「不過這個國家竟然像這樣被召喚到諸神的箱庭而且延續了下來，只能相信活在當下的我們代表了某種意義。就算其實沒有任何意義，也還是要去尋找贖罪的方法。所以我才會來到此地——為了阻止你，並且找出在這片亞特蘭提斯大陸上贖罪的方法。」

阿斯特里歐斯用真誠的雙眼直視堤豐。

無論費盡多少口舌，恐怕雙方都難以和平原諒彼此，此戰也終究無法避免。阿斯特里歐斯是為了成為堤豐發洩怒氣的對象，為了承受一切而來。

雖然內心充滿憤怒，堤豐想必也能感受到阿斯特里歐斯的決心。

他瞇起眼睛打量阿斯特里歐斯，接著發出陰鬱的笑聲。

「……哼哼，你果然是那男人的兒子，傲慢得如此愚蠢。看樣子死過一次還不足以讓你理解故國的愚昧無知，我本想以化身的才幹來讓你充分體會自己多麼罪孽深重——」

堤豐講到這邊，突然咳出一口血。不，這個血量已經不能稱為咯血。

顯然是心肌異常造成的出血。

「哼哼……實在遺憾，我化身的肉體似乎已經到達極限。倘若這就是所謂的天運，教人如何能夠甘心？」

「——……堤豐……」

「年輕的愚王，我的心臟是王座後方的那個大結晶。如果你能成為宙斯的化身並充分發揮出那把雷霆的力量，要粉碎結晶想必也是輕而易舉。但是你做不到，因為——」

魔王堤豐睜大眼睛的那瞬間——整個亞特蘭提斯大陸都遭到前所未有的強烈震動侵襲。

「……你這傢伙做了什麼……！」

「答案顯而易見！噬星大樹既已枯萎，亞特蘭提斯大陸也失去了支撐！年輕的愚王！這次就和故國一起沉入海底吧！」

＊

最早察覺異變真相的人物，是在上空戰鬥的春日部耀和始祖龍。

「——嗚……耀，大事不好了。」

「咦？」

「我一開始還以為只是自己多心，這下肯定沒錯。這片大陸——亞特蘭提斯大陸**正在緩緩下沉**。」

聽到始祖龍的忠告，耀驚訝地看向大陸邊緣。

發現沿海的陸地確實突然開始沉沒後，她驚慌失措地對著仁大叫。

「仁！不好了！」

「出了什麼事？」

「整片亞特蘭提斯大陸都開始下沉！在地面上戰鬥的參賽者也就算了，躲在地下避難的原住民和焰小弟他們會有危險！」

耀的報告讓仁和上杉女士以及持斧羅摩都看向彼此，同時咂了咂嘴。

「到底怎麼回事……？看起來不像是已經成功討伐魔王啊！」

「現在沒時間確認狀況了！我會聯絡焰，你們想辦法爭取多一點時間！」

上杉女士拿出手機，撥打焰的電話。若想讓原住民也順利逃生，必須獲得「萬聖節女王」的協助。雖然感到過意不去，現在還是只能讓焰使用他的「代理人權限」。

仁派出珮絲特擔任斥候，立刻通知飛鳥等人。

激戰不休的赫拉克勒斯與維達都停下動作，互相怒瞪著對方。

「現在似乎不是能繼續戰鬥的狀況，或者大陸下沉根本就是你們指使的結果？」

「……這個嘛，實際上如何呢？我沒有義務回答你。」

維達表面冷靜，內心卻頗為焦急。看樣子參賽者中有他完全不知底細的智者。

他必須去確認堤豐的安危。

「這場勝負就先擱置吧，赫拉克勒斯。有機會再一較高下。」

「這是聰明的判斷。來日再會吧，北歐的戰士。」

兩人各自前往完全相反的方向，迅速離開現場。

赫拉克勒斯更是肩負著呼籲原住民避難的職責，畢竟星船被託付給他就是為了對應類似的事態。

（話雖如此，在前幾天的戰鬥中負傷的阿爾戈尚未徹底痊癒，希望尚有餘力讓所有參賽者都撤離此地……！）

想幫助所有人逃出亞特蘭提斯大陸，必須有參賽者的協助。

赫拉克勒斯加入討伐巨人族的隊伍，對參賽者說明現狀。

至於在王座之間——

十六夜等人依舊和堤豐彼此對峙，被敵人放出來的極光刺得難以睜眼。

「……我說你到底想怎樣！你的目的不是復活嗎？」

「我的目的當然是復活。下沉並非基於我本人的意志，要知道亞特蘭提斯大陸不過是浮於海溝之上，全靠這龐大無比的巨樹來支撐。」

聽完這些話的十六夜狠狠咬牙，像是總算注意到什麼事。

從外界被召喚來此的亞特蘭提斯大陸當然沒有和箱庭的大地相連，但是他沒料到從堤豐身上奪走力量的星辰大樹居然有辦法長成那麼巨大。

「要是我化身的肉體平安無事，還能像過去那樣讓整片大陸都飛向天空。現在卻因為那個小丫頭而成了這副樣子——哼哼，連我自己也覺得未免過於失態。」

堤豐擦去鮮血，起身站了起來。

他的眼裡充滿愉悅，綻放出更燦爛的光彩。

「來吧，下決斷的時刻到了！亞特蘭提斯大陸之王！就算將我打倒，你的國家依舊逃不過沉入海底的命運！但是如果你無法破壞心臟，沒有智能的怪物就會降臨箱庭！」

「——嗚……！」

說完這些話的堤豐衝了過來，十六夜挺身迎戰。

然而堤豐靠著B.D.A提升了身體能力，現在的力量甚至遠高於赫拉克勒斯之上。沒能將他完全擋住的十六夜被推出室內，他咬牙強忍住肋骨碎裂的痛苦，抓著堤豐一起跳了出去。

「你這傢伙……！是那個抵銷『模擬創星圖』的小子嗎！」

「真高興你還記得我，魔王大人！不好意思，你就暫時陪我一下吧！」

現在必須有個人負責爭取時間，讓阿斯特里歐斯可以好好思考。關於這件事，無論如何都必須由他本人來做出最後的決斷。

可是被賦予重任的阿斯特里歐斯只是舉著雷霆，繼續猶豫自己到底該如何選擇。

他明白必須擊碎堤豐的心臟。不過那樣一來，恐怕會徹底扼殺亞特蘭提斯大陸再度浮起的機會。

這些故國的同胞即使穿越時間，跨越世界，依舊持續等待阿斯特里歐斯歸來——難道要逼使他們再度失去故鄉嗎？

（有沒有……有沒有其他的辦法……？）

目前的情勢分秒必爭。一旦封印完全解除，根本無法只靠參賽者們與之對抗。而且為了讓參賽者能夠順利避難，也必須擊碎心臟，停止龍頭與巨人族的活動。

只是無論心裡再怎麼清楚這些事情，也不可能輕易扣下毀滅故國的扳機。

他內心的混亂越來越強烈——

這時，阿斯特里歐斯的腦中突然閃過以前和父王的對話。

——當國家陷入絕境之時。

——必須上下一心，共同對抗難題。

「——嗚……」

阿斯特里歐斯直到現在才回頭看向身後的祭司和助理祭司。

兩人不只願意迎接覺得自己並不夠格的阿斯特里歐斯登上王座，現在也默默地對他寄予信賴。

感受到這份信賴的阿斯特里歐斯終於理解父親犯下了什麼錯誤。

——父王確實愛著人民。

——但是，父王無法相信人民。

他很清楚自己應該相信人民，卻還是無法做到。

這份罪業產生了惡，並且形成壓迫世界的威脅。

這其實是一個經歷了漫長時間的考驗，讓過去的王無法做到的決斷能夠重新來過。

「……菈菈、阿卡希亞。」

「是。」

「妳們視我為王……那麼妳們願意相信我，跟著我一起走嗎？」

「當然願意。」

兩人隨即回答，沒有絲毫猶豫。

阿斯特里歐斯睜大雙眼，高舉起雷霆再度提問。

「就算……就算必須前往大海的另一邊，妳們也願意嗎？」

雷霆現出毀滅之光。只要揮下這一擊，在這片大陸上重建國家的願望將會徹底破滅。

然而她們依舊沒有任何遲疑。

「當然願意——這次，一定要讓我等的旗幟在箱庭的世界中飄揚！」

伴隨著兩人的回答，神之雷霆綻放出神聖的光輝。

他們被召喚來此地，卻過著與箱庭居民隔絕的生活。為了讓米諾斯的人民真正成為箱庭的居民。

為了讓國家真正建立並高舉旗幟。

那面應該飄揚於璀璨星空中的旗幟，就叫作——

「甦醒吧——『降臨！其為星海之開拓者（Astraia Keraunos）』……！」

＊

那是極為驚人的雷光……彷彿把天空劈成了無數碎片。

在第五個龍頭昂然抬起，所有人都做好心理準備時——炙天灼地的閃電弭平了所有的龍頭。

已經戰鬥到極限的始祖龍睜大眼睛觀察閃電，帶著驚嘆發表感想。

「哦哦……足以燒灼天空粉碎大地的這道神雷……！雷霆甦醒了嗎……！」

金牛座據說是在黃道十二星座中擁有最強破壞能力的權能。年輕的王所揮下的雷霆不光是炙天灼地，甚至燒燬空間本身，貫穿虛空。雷霆穿過虛空後升至天際再回落大地，將即將甦醒的龍頭又接連擊毀。

巨人族不斷被雷擊命中消滅，連要塞也在轉眼之間遭到粉碎。

彷彿是在重演大父神毀滅亞特蘭提斯大陸的傳說，閃電傾瀉而下，消滅敵人後隨即回歸雷霆。

參賽者們張口結舌，只能對這種破壞力感嘆不已。

明白戰鬥已經結束的瞬間——阿斯特里歐斯在瓦礫堆裡的王座旁大叫。

「還沒結束！危機尚未解除！立刻準備撤退！」

「遵……遵命！」

差點鬆懈下來的原住民們慌慌張張地開始奔走，參賽者們也同樣展開行動。亞特蘭提斯大陸正以難以置信的速度不斷下沉。

幾個小時之後，山地以外的地方恐怕都會遭到海水入侵。

阿斯特里歐斯沒有時間沉浸在勝利的餘韻中，他看向遠方。

（十六夜……接下來全看你那邊，提豐和我的兄弟也都拜託了……！）

*

於是，最後的戰鬥就此展開。

十六夜和提豐一起往下滾落，才剛站穩腳步就立刻揮拳互擊。

「嘖——明明半死不活了，居然還這麼有精神……！」

「哼，我這邊才有話想說。身為人類卻具備此等身體能力——而且既非神群代表者也不是龍種的你甚至擁有『模擬創星圖』！到底是何方神聖？」

十六夜發動攻擊，反遭提豐擋下並把他打飛出去。雖說和對方衝突的拳頭已出了全力，十六夜的身體還是沒有因為撞上要塞就直接停下，而是繼續飛往遠方，最後重重砸向山坡的斜面。

這強韌的臂力遠勝於十六夜以往交戰過的對手，甚至不比阿吉．達卡哈遜色。就連十六夜也忍不住感到反胃，敵人的追擊卻沒有給他時間。

十六夜側身滾開，瞬間拉近彼此距離的堤豐隨即在山坡上踢出一個隕石坑。萬一被他踩個正著，想必已經立刻分出勝負。

成功躲開攻擊並繞到堤豐後方的十六夜用腳跟踢向敵人的頸椎，堤豐卻只是稍微搖晃了一下就重新站直身體。

看樣子十六夜的攻擊對他完全沒有效果，即使不爽也無計可施。

完全不是能以現在狀態去對抗的敵人。

十六夜拿出焰製造的新B.D.A。

（根本沒空確認說明書！只能直接啟動聽天由命嗎……！）

之前每次使用B.D.A，都會對十六夜的身體造成傷害。

這次不知道有什麼樣的副作用。但是強大的敵人接二連三出現，要是十六夜無法確實掌控B.D.A，勝算恐怕會越來越渺茫。

就在十六夜下定決心的那瞬間——到達極限的堤豐吐出大量鮮血並跪倒在地。

「嗚……嘔……！」

血量多到從指縫中不斷滴落。

十六夜原本想發動追擊，不過再繼續攻擊有可能會誤殺對方。畢竟堤豐也身為參賽者，奪走他的性命或許會導致十六夜失去資格。

他只好放棄攻勢，瞪著敵人推測對方的動向。

意識有些朦朧的堤豐發出陰鬱的笑聲，搖搖晃晃地站了起來。

「哼哼……真是遺憾，一切都萬分遺憾。自己是為了再度質問箱庭的意義而奮起，沒想到會被那種小丫頭礙了事。恐怖的極相星劍，人類的最終武器果然不是空有虛名。」

「——……？」

按著心臟的堤豐怒視十六夜。

身為當事者的十六夜卻深感不解。

他口中的極相星劍想必是指飛鳥的「天叢雲劍」，但是十六夜以前聽說過被那把劍砍中也只有靈格會遭到切離。

他不認為被砍的對象真的會痛苦至此。

這時，疑惑的十六夜突然注意到魔王堤豐一直按著心臟。

（奇妙的發作症狀……B.D.A……心臟……該不會……！）

察覺出某種可能性的十六夜對著堤豐大叫。

「喂！立刻關閉B.D.A！害你這麼痛苦的原因不是『天叢雲劍』！而是那個B.D.A！」

十六夜滿心焦躁，並不是因為堤豐性命垂危。

而是因為他聽說過異常發光的B.D.A要是繼續加速，將會引起名為熔燬（Meltdown）的大爆炸。畢竟十六夜獲知的情報是一棵小小的植物就足以引發讓整棟研究所都劇烈震動的驚人爆炸，萬一換成如此強大的堤豐發生所謂的熔燬現象，他根本無法想像規模究竟會多麼巨大。

說不定附近一帶都會被夷為平地。

但是魔王堤豐當然不知道這些事情，他只是扶著意識不清的腦袋繼續瞪著十六夜。

「……你為什麼會知道那種事？為什麼只看一眼就明白我的狀態？」

堤豐發出的光芒稍微減弱了一點，或許他多少也感覺到有哪裡不太對勁。

然而對於堤豐的疑問，十六夜無法回答。他並不是粒子體研究者，要讓自己的發言具備可信度也是難如登天。

在這種狀況下，能立刻贏得對方信賴的方法十分有限。

（……現在不是計較手段的時候。）

堤豐已經將近瀕死，處於何時發生熔燬現象都很正常的狀況。

十六夜煩惱了一陣，最後決定解釋自己的出身。

「我本身並不是粒子體研究者——但我父親以前是粒子體研究者，所以也聽說過你的症狀。現在先相信我吧。」

「……什麼？」

「我父親名叫西鄉東夜，曾經是粒子體研究的第一人。」

十六夜說出數年不曾提到的父親名字，能取信於對方的機率大概是五成。

萬一失敗的話只能聽天由命，照著以前救助菜菜實的方法，由十六夜去把堤豐肉體內的粒子全都消耗殆盡。

問題是堤豐的反應卻走向十六夜完全沒預料到的發展。

「你說你是……粒子體研究者……西鄉東夜的……兒子……？」

先前還有點渙散的眼神瞬間清醒，堤豐用盡最後的力氣站了起來。

「開什麼玩笑！你──你居然敢出現在我等的面前！你這個大罪人的兒子！世界為何會陷入那樣的危機？我不幸的化身為何要捨棄一切感情！不全都是因為你的父親背叛了我等嗎！」

「……什麼……」

「你知道自己的父親對我等做了什麼嗎？他把我的化身從克里特島的地下挖掘出來，用拯救世界作為藉口欺騙對方提供協助……最後引起的事件，不就是『天之牡牛』失控導致的大量破壞和粒子體實驗體遭到虐殺的悲劇嗎！」

堤豐滿腔怒火，看著十六夜的眼神彷彿是見到不共戴天的仇人。

這份怒氣遠遠超過先前面對阿斯特里歐斯那時的情緒，眼中約略可見源自於悔恨與悲傷的淚水。

「我的化身曾經充滿期待地說過：『我要在這個時代和東夜一起努力，然後這次一定會好好償還自己的罪業』──你能理解他當初是抱著什麼樣的心情嗎……！」

「──嗚……」

「知道自己只不過是遭到利用……知道自己成為造成更多悲劇的元凶後……你能體會他那些淚水的意義嗎……！」

堤豐臉上充滿憤怒神色，淚水毫不吝惜地不斷落下。

他身負瀕死重傷，眼神卻強烈到彷彿連修羅神佛都能射殺。即使被稱為「世界之敵」也未曾引燃的怒火，現在卻全部宣洩到一個人類身上。

堤豐瞪著十六夜，把手伸向隱約能從十六夜身上感受到的他父親影子。

「宙斯明明曾經對我說過……要我在未來等待……！」

「──……」

「米諾斯王和東夜也一樣，明明大家都跟我說過……『未來的人類一定會接受我』……！那麼為什麼……！為什麼──！」

為什麼每一個人──都背叛了「我們」──？

堤豐把難以言喻的悔恨灌注在悲痛的吶喊裡，隨後筋疲力竭地倒進十六夜懷中。他的慟哭裡究竟包含了多少憤怒，多少悲傷，以及多少怨懟，已有自不待言的答案。

成為彌諾陶洛斯並留下傳說的那個人物恐怕當初是被關進了克里特島的地下，用來作為能抑制火山噴發破壞力的基石。後來十六夜的父親喚醒了他，於是他又為了拯救世界而奉獻自身。

……假使十六夜的父親真的背叛了對方。

代表怪牛彌諾陶洛斯在度過幾千年之後，還是遭到他人的利用與背叛。

「──抱歉。」

無言以對的十六夜下意識地喃喃說出這句話。

接著他用力抱住堤豐的身體。

十六夜有個直覺，即使不了解事情的全貌，自己仍舊必須這樣做。

他明確地領會到，無論如何都要拯救這個人。

就在此時……十六夜的手機響起刺耳的來電鈴聲。

「十六哥！你那邊分出勝負了嗎！」

「……焰，我這邊結束了。」

「那就來幫我！要在三個小時內能塞多少就塞多少，然後逃離這片大陸！」

「我知道了。」

十六夜簡短回應，通話也到此中斷。

接著他讓堤豐躺下，啟動自己的B.D.A.。

抓住堤豐的面具後，十六夜加強手上的力道。

「……這次我可以救你一命，畢竟有句話說父債子償──不過等你醒來後，我可會探聽很多事情。」

關於父親……西鄉東夜。

關於粒子體研究。

關於世界的危機。

他啟動B.D.A，做好挑戰所有謎題的心理準備。

在逐漸沉沒的亞特蘭提斯山岳地帶上，十六夜發出的光芒——透出溫柔……卻又有點憂傷的光輝。

終章

——戰鬥結束後過了半天。

參賽者們都來到精靈列車的窗邊，眺望著逐漸沉沒的亞特蘭提斯大陸。

各個共同體的領導人聚在一起進行會議，討論要如何收容亞特蘭提斯大陸原住民的問題。

畢竟人數過多，要由單一共同體來接收所有原住民恐怕難以辦到。

最後大概只能讓他們接受援助，前去開拓尚無人煙的土地。

這些原住民雖然失去了故鄉，卻沒有任何人沉浸在悲嘆中。

因為他們長年等待的國王已經到來。

而且這位新王還要人民帶著信心跟隨他。

所以在原住民的心中，比起即將挑戰新天地的不安，信賴感和自豪感更為強烈。

無論將來必須面對何種苦難，他們一定都能克服。

至於主辦者們，則是為了準備獎賞以及下一場遊戲而開始忙碌奔波。

在下一個舞台準備好之前，應該算是短暫的休息時間。

逆廻十六夜確認完這一切後——隻身前往「精靈列車」上的某間咖啡廳。

「……好啦，我得跟這邊把話講清楚才行。」

他打開咖啡廳的大門，確認內部的情況。店裡用唱片機播放著古典樂，研磨咖啡豆的香味撲鼻而來。

看樣子這是一間參考外界風格的咖啡廳。

「精靈列車」上設置了提供餐飲服務的休息車廂，參賽者很少光顧這種個人經營的咖啡廳。至於觀眾大多是非人族群，對此更是興趣缺缺。

要說什麼人會特意造訪這種冷清的偏僻咖啡廳……

想必僅限於在外界歐洲出生成長的人物。

「喲，可以跟你併桌嗎，詹姆士？」

正在看報紙的詹姆士露出極為驚訝的表情。

他似乎很不快地看向十六夜。

「……實在讓人意外，我沒想到你居然會來打擾我的隱私。」

「很好，既然出乎你的意料，我這個驚喜也不算白費力氣。」

詹姆士還沒同意，十六夜已經直接在他面前坐下。

事已至此，十六夜絕對不會主動離開。

詹姆士無奈地搖了搖頭，收起報紙並正面朝向十六夜。

「所以你想跟我說什麼？其他參賽者都跟我一樣累到只能休息，你卻特地跑來見我，想必是為了重要的事情。」

「那當然。亞特蘭提斯大陸上的戰鬥結束了，你的行動卻有好幾處都讓人百思不解，我想討個解釋。」

十六夜直接擺出一副想找架吵的態度，詹姆士卻一臉興趣缺缺的樣子。

「沒辦法，就用喝一杯咖啡的時間來奉陪吧。那麼，你到底想問什麼？」

「第一件事，身為勝利者的你為什麼沒有帶著勝利離開亞特蘭提斯大陸？畢竟你不願參加和堤豐的戰鬥，也沒有跟著赫拉克勒斯行動，怎麼看都是打從一開始就放棄了武勇的獎勵。」

面對十六夜的質問，詹姆士搔著後腦不耐煩地回答。

「什麼啊，原來是這件事……那只是因為我不想再激起更多沒必要的反感而已。今後必須和其他參賽者合作的狀況或許會變多，所以我判斷稍微無償勞動一下會比較好。」

「我本來也是那樣推論。但是在你讓支撐大陸的大樹枯萎後，卻出現完全不同的可能性。」

這次詹姆士表現出明顯的厭惡反應。

「……沒想到你這麼不懂禮貌，有證據嗎？」

「讓人火大的是完全沒有證據，不過最可疑的嫌犯依然是你。所以接下來的發言你就當作全是假設吧。」

「你不是要用喝一杯咖啡的時間來奉陪嗎？」十六夜如此挑釁。

「總之別的不說，既然大樹在那個時間點枯萎，我判斷那必定是人為造成的後果。」

「我可以同意這個論點，但是那樣做有什麼好處？大陸沉沒並不會讓堤豐停手，反而讓他的力量更為增強。對參賽者來說，那還是自己堵住退路的愚行。」

「你說得對，可是那樣做偏偏有一個好處——能夠讓使用共鳴型B.D.A的堤豐**提早自爆**。」

聽到這句話，詹姆士挑了挑眉。

這是他第一次對十六夜的發言表現出興趣。

「哦？是誰告訴你那是所謂的共鳴型B.D.A？」

「救出堤豐時，從維達那裡聽來的。他說堤豐一直受到使用B.D.A的後遺症所困，卻沒有嚴重到完全無法控制。換句話說，熟悉B.D.A的人物就成為最有嫌疑的可疑對象。」

「唔……有道理。意思是你認為犯人雖然身為參賽者，卻為了排除所有人共通的強敵堤豐而刻意去讓大樹枯萎？」

「如果只是那樣事情就簡單了，問題是最可疑的嫌犯是身為第一戰勝利者的你。要不是你提出『星辰果實』這個東西，參賽者們很有可能會因為束手無策而全數撤離這個地方。」

「這個嘛……真的會那樣嗎？」

「少裝傻。一旦參賽者全部離開，復活的堤豐會向箱庭上層宣戰，也能毫無風險地藉此把他排除於太陽主權戰爭之外。也就是說如果**只是**想排除堤豐，根本從一開始就沒有必要行動。」

「原來如此原來如此，我沒發現可以那樣做。」

十六夜惡狠狠地瞪著以溫吞表情點頭回應的詹姆士。看樣子他雖然停止演戲，卻不打算承認自己是讓大樹枯萎的犯人。

「所以……顯然那個犯人自始就沒把魔王堤豐放在眼裡。他希望參賽者被煽動後去找魔王送死，好運保住一命的也逃不過跟大陸一起沉沒的下場，甚至一切順利的話還有機會被魔王的大爆炸波及。換句話說——真正的目的是為了『**害死所有人**』。我說你這傢伙，根本是想減少參賽者（競爭對手）的數量吧？」

「這些不實的指控太超過了。」

詹姆士帶著笑容把咖啡一飲而盡，然後站了起來。

「就算真如你所說，我也不認為那個人物有什麼過錯，甚至搆不上犯罪事實。反而該稱讚他面對眾多英雄英傑還能運籌得如此巧妙吧？」

「哼！你這個詐欺犯有什麼資格說這種話？還有，你給我把話聽完。讓我火大的不是那種事，接下來才是正題。」

十六夜也站了起來，指著詹姆士的臉大聲怒吼。

「我不知道外界的狀況和你有多少關係，但是關於堤豐的事情，要是不清楚他使用的

B.D.A有何特性根本不可能辦到。這就代表……『讓大樹枯萎的人物』與『製造出堤豐用B.D.A的人物』在背地裡其實互有關聯。」

「——哦？」

直到現在，詹姆士才終於正眼看向十六夜。

十六夜抓起詹姆士的衣領，用鬼神也會畏懼的聲調發表宣言。

「就算我不討厭按照遊戲規則去耍奸謀算的做法，卻絕對不會饒過多次在遊戲之外引起場外混戰的傢伙。我會讓那些人後悔，**保證一定會**。」

他充滿怒火的雙眼瞪著詹姆士。

假使堤豐的B.D.A來自他的出資者，那麼「Yggdrasill」的所有成員可能都遭到幕後黑手的利用。

對於那種製造出「世界之敵」的組織，不能再任其逍遙法外。

十六夜用眼神傳達出自己的堅定意志——「我絕對不會放過你們」。

「——……」

單方面地做出宣戰布告後，十六夜粗魯地推開詹姆士，轉身離開這間咖啡廳。

不光是和「Ouroboros」之間的舊恨，這個宣言也是在表明他打算親手解決這些奸邪的決心。

詹姆士原地呆站了一會兒——

隨後突然揚起嘴角，帶著笑容把頭髮往上撥。

「……原來如此，那就是逆迴十六夜嗎？」

那是和過去完全不同的邪惡笑容，宛如惡魔化身般陰沉奸險。萬一被赫拉克勒斯看到，恐怕會立刻扭斷他的脖子。

然而跟平常那種矯揉做作的笑容不同，現在的表情確實帶有喜悅的神色。或許是詹姆士真正感到有趣時才會出現的笑容。

他走向咖啡廳裡的轉盤式電話，撥了幾個號碼。

默默等待接聽的鈴聲之後，他平靜地開口。

「嗯，是我。關於下次遊戲的舞台，我想最有可能的地點應該是羅馬。原本我打算繼續觀察一陣子……不，其實我發現了一個有趣的玩具，所以想在不會讓小淑女討厭的範圍內耍耍對方。」

聽筒的另一端傳來怒吼聲。

隱約可以聽到「這和之前說定的不一樣」之類的發言，然而最後對方還是無奈地同意。

「謝謝，那麼關於目標……對，就是那個『No Name』。我想，就讓他們在下一個舞台——羅馬教宗選舉（Conclave）中消失吧。」

後記

讓各位久等了，本書是《問題兒童的最終考驗》第七集。

這次達成之前的宣言，成功地在夏季出版！（註：此指日版）哎呀了不起！不知道多久沒有這樣了？總覺得《問題兒童》系列只有在剛開始時曾經按照宣言順利推出！

而且還因為黃金週放了十天連假，所以收到希望我早點交稿的亂來要求！

歡迎有興趣的讀者去調查一下本系列的出書步調，在推出動畫版前後的那段時期，不管是身體方面還是日程方面都真的差點掛掉。

那麼，下一集大概也是會在半年後推出，接下來終於要進入新的章節。

持續了很長一段時間的第一戰到此結束，故事總算開始進展。

今後劇情將會不斷加速，還請各位帶著期待繼續等候。

最後，對協助本書出版的每一位致上我的感謝。

竜ノ湖太郎

魔法★探險家
轉生為成人遊戲萬年男二又怎樣，我要活用遊戲知識自由生活 1 待續

Kadokawa Fantastic Novels

作者：入栖　插畫：神奈月昇

我要玩遍憧憬的成人遊戲世界！
然後在這個世界成為最強吧！

我轉生為美少女遊戲中的主角！——旁邊那位臉上掛著輕浮笑容又不走運的朋友角色。但我擁有「魔力量世界第一」的隱藏作弊性能與特殊能力，肯定能把女角們對我的好感度提升到MAX！「既然這樣，我乾脆不當主角的朋友，自由自在地過活吧！」

NT$220/HK$73

國家圖書館出版品預行編目資料

問題兒童的最終考驗. 7, 怒吼吧英傑,甦醒吧神之雷霆! / 竜ノ湖太郎作 ; 羅尉揚譯. -- 初版. -- 臺北市 : 臺灣角川, 2020.11

面 ; 公分. -- (Kadokawa fantastic novels)

譯自 : ラストエンブリオ. 7, 吼えよ英傑、甦れ神の雷霆！

ISBN 978-986-524-059-2(平裝)

861.57 109001878

Kadokawa
Fantastic
Novels

問題兒童的最終考驗 7

怒吼吧英傑，甦醒吧神之雷霆！

（原著名：ラストエンブリオ 7 吼えよ英傑、甦れ神の雷霆！）

2020年11月19日　初版第1刷發行

作　　者：竜ノ湖太郎
插　　畫：ももこ
譯　　者：羅尉揚

發 行 人：岩崎剛人
總 編 輯：蔡佩芬
主　　編：朱哲成
美術設計：宋芳茹
印　　務：李明修（主任）、張加恩（主任）、張凱棋

發 行 所：台灣角川股份有限公司
地　　址：105台北市光復北路11巷44號5樓
電　　話：（02）2747-2433
傳　　真：（02）2747-2558
網　　址：http://www.kadokawa.com.tw
劃撥帳戶：台灣角川股份有限公司
劃撥帳號：19487412
法律顧問：有澤法律事務所
製　　版：尚騰印刷事業有限公司
ＩＳＢＮ：978-986-524-059-2